To My Dear Podcast

ポッドキャストで伝えて

上

宮下恵茉
Miyashita Ema

講談社

ポッドキャストで伝えて
To My Dear Podcast
上

もくじ

こんばんは！

夕方六時十五分から配信中。リスナーのみなさんと語り合う『アイとユー』。パーソナリティーの『アイ』です。

ここでは、自分は『アイ』で、あなたは『ユー』。それだけがお約束。性別も年齢《ねんれい》も関係なく、アイとユーとで悩《なや》みごとや日々のこと、はたまたくだらない話題で語り合う、そんなトークプログラムです。

ところでリスナーのみなさんの好きなものってなんですか？

アイは、いろんなもののつめかえが好きです。

ハンドソープにシャンプー、トリートメント、食器用の洗剤《せんざい》とか柔軟剤《じゅうなんざい》。とにかく容器につめかえするのが好きなんです。

残りが少なくなってるのを見計らい、つめかえ用のパックを端《はし》からゆっくり折っていって、最後までしぼりきったときの達成感！

残りわずかだった中身がなみなみと満たされていく様子を間近で見てたら、アイの心も満足感でいっぱいになるんです。

学校でつめかえ委員とかあったら、委員長になりたいくらい！

……え、ちょっとヘンって？　そうかなあ？

家にひとり、こんな人がいたら、喜ばれると思うんだけど。

まあ、それはさておいて、今日も十五分、アイとユーとで語らいましょう！

第1話

誰《だれ》よりも好きだから

トークテーマ

恋《れん》愛《あい》

わたしが好きなのは、活字を読むこと。

朝起きて新聞を読むのはもちろん、テーブルの上に置いてある牛乳《ぎゅうにゅう》パックやヨーグルトの成分表までじっくり読んでしまう。

授業中でも、教科書のすみずみまで読んじゃうし、シャーペンにプリントされたキャラクターのロゴまでじっくり見てしまう。

わからない英単語だったら翻訳《ほんやく》アプリで意味を調べちゃうし、友だちの家のトイレに貼《は》ってあるカレンダーの小さな字や、ショッピングセンターのフロアマップをじっくり読んで、ときどき誤字《ごじ》を見つけてしまうこともある。

だから水族館に来ても、説明書きをじっくり見てしまう。

今まで聞いたことがないめずらしい魚の名前とか、どんな海に生息しているだとか、どんなものを食べるだとか。

ちいさなプレートに、知らない情報がぎっしり書いてあるのを読むのが好き。

中には、手書きでとても丁寧《ていねい》にその魚の生態が書いてあるものもあって、ふだん世話している人たちがどれだけこの魚たちを愛しているかが伝わってきて、キュンとしちゃう。

だから回るのに時間がかかるんだって言われることもあるんだけど、字を読むのが好きなんだから、しょうがないよね。

——だけど。

「おい、早く次、行こうぜ。」

小埜先輩《おのせんぱい》……、ううん、伊織《いおり》くんに肩《かた》を押《お》されて、わたしははっと意識を戻《もど》した。

「……あ、はい、スミマセン。」

もう次の水槽《すいそう》へ歩きだした伊織《いおり》くんのあとをいそいで追う。

わたしたちの前にいた人たちも、わたしと同じタイプみたい。立ち止まってじっくり説明書きを読んでいたから、そのうしろに並《なら》ぼうとしたら……。

伊織《いおり》くんがチッと舌打《したう》ちして、「いちいち立ち止まんなよ、うっざ。」と言った。

（えっ。）

おどろいている間に、展示《てんじ》を見ていた人たちは、さっと脇《わき》によけてくれた。きっと伊織《いおり》くんの声が聞こえたから、よけてくれたんだよね。

スミマセンの気持ちをこめてぺこりと頭を下げた。

そしたら伊織《いおり》くんは、前にわりこんだにもかかわらず、たいして水槽《すいそう》を見ずに、もう次の展示《てんじ》に向かって歩いていこうとする。

「ここらへんの魚、どれも似たやつばっかで、たいしておもしろくねえな。」

（……そう、かな。）

どの魚もそれぞれに特徴《とくちょう》があって、わたしはおもしろいと思うんだけど。たぶん説明書きを読んでないから、全部似たように見えるんじゃないかな。

だけど、伊織《いおり》くんにとってはおもしろくないのかもしれない。わたしが説明書きを読んでいた間、退屈《たいくつ》してスマホをいじっていたし。

「すみません、わたしが水族館を好きだなんて言ったから。」

わたしが謝《あやま》ると、

「ばっか、そんなの気にすんなよ。いいんだって。」

伊織《いおり》くんはそう言って、大きな手でわたしの頭をなでた。

「杏南《あんな》のそういう素直《すなお》なとこ、かわいいな。大好き。」

背《せ》の高い伊織《いおり》くんが、わたしの肩《かた》を抱《だ》きよせて耳元でささやく。

その甘《あま》い言葉に胸《むね》がいっぱいになる。

伊織《いおり》くんの彼女《かのじょ》になれてよかったって。


わたしと伊織《いおり》くんが付き合いだしてから、三週間。毎日のように一緒《いっしょ》にいるのに、まだ伊織《いおり》くんが自分の『彼氏《かれし》』だなんて信じられない。

伊織《いおり》くんのことは、入学したときから知っていた。

体育館で行われた部活紹介《しょうかい》で陸上部の活動内容を発表していたのを見て、なんてかっこいい人なんだろうって思ったから。

背《せ》が高くて、切れ長の目はうっとりするくらいきれいで、制服の着こなしもとってもおしゃれ。ひとつ年上なだけでこんなにも大人っぽいんだって感動した。

そう感じたのはもちろんわたしだけじゃなかったみたいで、まわりの子たちも「小埜先《おのせん》輩《ぱい》ってかっこいい。」って盛《も》り上《あ》がってた。

だから入学してすぐになかよくなった同じクラスの千聖《ちさと》に「陸上部に見学行こうよ。」って誘《さそ》われたときも、なんの迷いもなくうなずいた。

小埜先輩《おのせんぱい》目当てで入部した子はわたしたち以外にもたくさんいたけど、陸上部の練習は思った以上に厳《きび》しくて、ゴールデンウィークを過ぎたあたりから、ひとり、またひとりと退部《たいぶ》していった（ちなみに千聖《ちさと》は一番にやめた）。

結局、女子で残ったのは四人だけ。

本当はわたしもやめたかったけど、人数が減っていくたびに先輩《せんぱい》たちががっかりしているのを見ると、今さら退部《たいぶ》したいなんて言い出せなかった。

部活では、運よく小埜先輩《おのせんぱい》と同じ短距離《たんきょり》に配属されたけど、学年もちがうし、男子と女子では練習メニューがぜんぜんちがうから、まったくしゃべる機会がない。たまに廊下《ろうか》や登下校の途中《とちゅう》で見かけたら、あいさつをするくらい。それだって、男子の先輩《せんぱい》たちは返事なんてしてくれないから、同じ部活でもあんまり意味がなかった。

小埜先輩《おのせんぱい》は同じクラスの綺羅先輩《きらせんぱい》と付き合ってるってうわさだったけど、夏祭りが終わるころに別れちゃったらしい。

それからもバスケ部の響華先輩《きょうかせんぱい》とか、テニス部の由梨奈先輩《ゆりなせんぱい》とかとうわさになっては別れるのをくりかえしていた。そんなふうに彼女《かのじょ》がとぎれないのもかっこいいんだからしょうがないよね、なんて、わたしたちは遠くから小埜先輩《おのせんぱい》をながめてきゃあきゃあ盛《も》り上《あ》がっていた。

それが。

学年がひとつ上がり、わたしにも後輩《こうはい》ができたころ。

春の大会が終わったその日に、とつぜん、小埜先輩《おのせんぱい》から個人宛《あて》に『今日、調子よかったじゃん。』ってラインがきた。

(え、これなに? どういうこと⁇)

元々、部のグループラインで小埜先輩《おのせんぱい》のアカウントは知っていたけれど、個人でメッセージがきたことなんて今までなかったし、そもそも一対一でしゃべったことだってない。

最初は誰《だれ》かとまちがえてるんだと思って、どう返信しようか迷ってたら『既読《きどく》スルーかよ。』ってきてあわてて返信した。

『こんばんは、二年の日高杏南《ひだかあんな》です。LINEありがとうございます。順位は上がりましたが、今回も一次予選を通過できなかったので、次の大会はがんばります。』

そしたらすぐに『真面目か。』って返事がきた。

（え、やっぱ、わたしってわかってる？）

画面を見てかたまってたら、小埜先輩《おのせんぱい》から立て続けにラインが送られてきた。

『好きなバンドとかある？』

『塾《じゅく》行ってんの？』

『どこ小だった？』

それに律儀《りちぎ》に答えてたらそこから話題が広がって、気がつくと一時間近くラインのやりとりをしていた。

そしたら少し間があいて、もう終わったのかなとスマホを充電《じゅうでん》しようとしたらまた小埜《おの》先輩《せんぱい》からラインがきた。

『彼氏《かれし》いる？』

『いません。』って答えてからは、急展開《きゅうてんかい》だった。

『じゃあ、俺《おれ》と付き合う？』

『冗談《じょうだん》はやめてくださいよ～。本気にしちゃいます。』

『マジだって。じゃ、決まりな。』

で、うそみたいだけどホントの話になっちゃったんだよね。

そのときは舞《ま》い上《あ》がったけど、お風呂《ふろ》からあがって、洗面所《せんめんじょ》の鏡を見ながら髪《かみ》をかわかしていたら、急に不安になってきた。

あれは小埜先輩《おのせんぱい》じゃなくて、別の人だったりして。

もしかすると、誰《だれ》か知らない人にアカウントを乗っ取られてるとか?

だってこんな少女まんがみたいなこと、絶対にあり得ない。

わたしは綺羅先輩《きらせんぱい》みたいに目立つタイプでもないし、響華先輩《きょうかせんぱい》みたいに美人じゃない。由梨奈先輩《ゆりなせんぱい》みたいにスタイルがいいわけじゃないし。

そもそも、陸部には、今一番人気のガールズグループ、ルーカスのミオンちゃんそっくりの芽衣《めい》ちゃんだっている。芽衣《めい》ちゃんはかわいいだけじゃなくて、この一年で飛躍的《ひやくてき》にタイムがのび、女子の短距離《たんきょり》ではダントツで速い。

地味で、とりえがなくて、目と目の間が離《はな》れてて、陸上部なのに学校の体育祭ですら一位を取れないわたしなんかをあの小埜先輩《おのせんぱい》が好きになるはずない。

（そうだよ、たぶん塾《じゅく》の帰りかなんかで、まわりに重松先輩《しげまつせんぱい》とか舟木先輩《ふなきせんぱい》とかがいて、わたしが本気にするかどうか賭《か》けたんだよ、きっと。）

だから、先輩《せんぱい》とのラインが終わった後も、千聖《ちさと》にはもちろん、小学校時代からの親友で今は私立《しりつ》の中学に通っている佐那《さな》にも報告しなかった。あんなの冗談《じょうだん》に決まってるし。

だけど翌朝《よくあさ》、ホームルームが始まる前に教室で千聖《ちさと》としゃべっていたら、小埜先輩《おのせんぱい》が現れた。

「日高《ひだか》。」

名前を呼《よ》ばれて、一瞬《いっしゅん》教室が静まり返った。千聖《ちさと》も、口を開けてかたまってる。

小埜先輩《おのせんぱい》のところへ歩いていくまでどきどきしたけれど、なるべくいつもどおりに「おはようございます。」と頭を下げた。

とたんに「こっち来いよ。」と廊下《ろうか》の端《はし》に連れていかれた。

「あ、あの、小埜先輩《おのせんぱい》……。」

どうしてわざわざわたしの教室まで来てくれたのかがわからず、口ごもったら、先輩《せんぱい》は形のいい目をすっと細めた。

「小埜先輩《おのせんぱい》じゃねーだろ。」

そう言うと、わたしの頭に大きな手のひらをのせ、背《せ》をかがめて目線を合わせた。

「今日から俺《おれ》のことは『伊織《いおり》』って呼《よ》べ。で、おまえは『杏南《あんな》』な。もう俺《おれ》ら付き合ってんだから。」

「えーっ、杏南《あんな》、マジ？」

うしろから、きゃあっと声があがった。振《ふ》り返《かえ》ると、千聖《ちさと》をはじめクラスの女子たち数人が、興味津々《きょうみしんしん》、廊下側《ろうかがわ》の窓《まど》から見ている。

（昨日のこと、やっぱり本当だったんだ……！）

わたしを見下ろしてほほえむ小埜先輩《おのせんぱい》……、ううん、伊織《いおり》くんを見つめて、わたしはごくんとつばを飲みこんだ。

わたしと伊織《いおり》くんが付き合いだしたというニュースは、すぐに学校中に広まった。

同じクラスの子たちはもちろん、同学年の女子たちと会うたびに「すごいじゃん！」ってめちゃくちゃうらやましがられた。

そりゃあそうだよね。あの伊織《いおり》くんの彼女《かのじょ》になれたんだから。

けど、いいことばかりじゃもちろんない。一番心配だったのは、女子の先輩《せんぱい》たちの反応。もしも意地悪されたらどうしようってすごく不安だった。

その不安は的中した。

教室移動や登下校のとき、三年の先輩《せんぱい》たちが、みんなじろじろとわたしのことを見ているのがわかった。

特に綺羅先輩《きらせんぱい》は、遠くからあからさまにわたしをにらんでいた。情報通の千聖《ちさと》によると、綺羅先輩《きらせんぱい》は、ダンスチームに入っていて、駅前広場で夜、派手《はで》な人たちと一緒《いっしょ》にいるのをよく目撃《もくげき》されているらしい。

千聖《ちさと》からは、「モテる彼氏《かれし》がいると大変だねえ。」なんてからかわれたけど、今まで誰《だれ》かからあからさまににらまれたことなんてなかったから、やっぱりショックだった。

(でも、しょうがないよね。あの伊織《いおり》くんの彼女《かのじょ》になれたんだから。)

もしも何か言われたらどうしようとびくびくしていたけど、綺羅先輩《きらせんぱい》はにらんでくるだけで、わたしに何も言ってくることはなかった。

たぶん、先輩《せんぱい》たちがわたしのことをよく思っていないのに気がついた伊織《いおり》くんが、わたしを守るためにいつもそばにいてくれたからかなって思う。

朝は伊織《いおり》くんが家のそばまで迎《むか》えに来てくれて、部活の後も家まで送ってくれる。

帰ってからも、電話したり夜遅《よるおそ》くまでラインしたり。おかあさんに怒《おこ》られないようにこっそりベッドの中でしゃべるのはスリルがあって楽しい。

伊織《いおり》くんの大きな手でぎゅっと手をにぎられるのも。

わたしみたいになんのとりえもない女の子に、こんなしあわせなことがあってもいいのかな？

毎日が夢みたい！

そして、今日は初めてのデート。

ふたりで遊びに行こうと誘《さそ》われたときは、近くの公園とかショッピングモールに行くのかなと思っていたけど、電車で四十分ほどのところにある水族館に連れてきてくれた。伊《い》織《おり》くんは前にわたしが『水族館が好き。』と話していたことを覚えてくれていたみたい。

それは、とってもうれしかったんだけど。

（そんなに遠くまで行ったら帰るのが遅《おそ》くなっちゃうなあ……。）

うちは特に門限を決められているわけじゃないけれど、わたしの中では、友だちと出かけても晩《ばん》ごはんまでには家に帰るってなんとなく決めている。じゃないと、おとうさんやおかあさんに心配かけちゃうし。

だけど、伊織《いおり》くんと付き合いだしてからそのルールがずるずるとのばされている。

部活の後、まっすぐにうちに向かわずに、途中《とちゅう》にある公園に寄ることが多いから、帰るのが少し遅《おそ》くなるのだ。今のところおかあさんたちからはなんにも言われていないけど、今に言われるんじゃないかってハラハラしている。

「あー、腹《はら》減ったな。なんか飯、食おうぜ。ラーメンでいいよな？」

「……あ、はい。」

伊織《いおり》くんは、わたしの返事を聞かずにレストランの食券《しょっけん》を買いに行く。

（わたし、ラーメンよりもうどんがよかったんだけどな。）

いろんなメニューがあるんだから、同じものをたのまなくてもいいと思うけど、伊織《いおり》くんが決めてくれたものをことわるのはよくない気がして、ラーメンにした。

休日だからか、まわりには家族連れが多い。わたしも小学校のころまで、家族で何度もここをおとずれたことがある。

うちは、おとうさんとおかあさん、それからわたしの三人家族。おとうさんは優《やさ》しいけど、ちょっとたよりない感じ。たとえばレストランに入っても、伊織《いおり》くんみたいにすぐにメニューを決められない。いつもおかあさんとわたしに好きなものを決めさせて、「じゃあ、ぼくも同じのにしようかな。」って感じ。

でも、伊織《いおり》くんはなんでもすぐに決めてくれるし、男らしくてたよりになる。

(ただ、お金を払《はら》ってくれようとするのは困《こま》っちゃうな……。)

伊織《いおり》くんは、自分のほうが年上で男だからってわたしのラーメンのお金も払《はら》ってくれた。

そんなの関係ないのになって思うのに、強く言われて、しかたなくお金をサイフに戻《もど》してしまった。

(けど、それでよかったのかなあ……。)

「杏南《あんな》、まだ食べてんの？　食うの遅《おそ》いな。」

考えながら食べていたら、あっという間に食べ終えた伊織《いおり》くんがほおづえをついてわたしを見ていた。

（うわあ、食べてるとこ見られるの、緊張《きんちょう》するよ。でも、待たせてるんだから、早く食べなきゃ。）

「す、すみません。」

急いで食べようとしたら、盛大《せいだい》にむせてしまった。

とたんに伊織《いおり》くんが、あははと笑いだす。

「いいって、ゆっくり食えよ。女は食べるのが遅《おそ》いほうがかわいいし。」

（あ、そうなんだ。）

笑ってくれて、ホッとした。

最近のわたしは、ずっとこう。伊織《いおり》くんの機嫌《きげん》を悪くさせないようにってそればっかり考えてしまう。

伊織《いおり》くんは思ってることがすぐに顔に出るタイプで、気に入らないことがあると、とたんに機嫌《きげん》が悪くなる。たいていは、お店の人の態度が気に入らないとか、通りかかった車の音楽がうるさいとかで、わたしに怒《おこ》ってるわけではないんだけど、伊織《いおり》くんの全身から不機嫌《ふきげん》な空気が伝わってくると、わたしが悪いことをしたような気持ちになって落ち着かない。
だから、なるべく伊織《いおり》くんを怒《おこ》らせないように、いやな気持ちにさせないようにってい
つも気をつかってしまう。
やっと食べ終え、手を合わせて「ごちそうさまでした。」と言うと、伊織《いおり》くんはにこに
こ笑ってわたしの頭に手をのせた。
「なんだよ、それ。そういうとこ、ホント杏南《あんな》はかわいいな。」
小さい子にするように、わたしの頭をよしよしとなでる。
伊織《いおり》くんは、わたしの頭をなでるのが気に入ってるみたい。わたしも自分が小さくてか
わいい子になった気持ちになるから、頭をなでられるとうれしくなる。
食べるときにじゃまにならないようにとくくっていたヘアゴムを外すと、伊織《いおり》くんがわ
たしの髪《かみ》に指をからめた。

「やっぱ杏南《あんな》は、髪《かみ》を下ろしてるほうがかわいいな。」

「えっ、そうですか？」

かわいいの言葉に胸《むね》がときめく。

「のびてきて暑苦しいから、そろそろ短く切りなさいって親に言われてたんですけど。」

わたしが言うと、伊織《いおり》くんの表情が変わった。

「えーっ、切らなくていいって。俺《おれ》、女は髪《かみ》が長いのが好きなんだ。」

わたしは、あわててかぶりを振《ふ》った。

「切りません。伊織《いおり》くんが好きな髪型《かみがた》がいいし。」

とたんに、伊織《いおり》くんの表情が和《やわ》らいだ。

「だよな？　杏南《あんな》ならそう言うと思った。やっぱ、女は素直《すなお》でかわいいのがいいよ。」

その言葉に、(ん？)と思った。

伊織《いおり》くんはわたしの髪《かみ》が長いから、それから素直《すなお》に言うことを聞くから、好きになってくれたのかな。

(そういえば、今までほとんどしゃべったことなんてなかったのに、伊織《いおり》くんはわたしのどこを好きになってくれたんだろう？）

そう思ったら、知りたくてたまらない。

「あの、伊織《いおり》くんはどうしてわたしと付き合おうと思ってくれたんですか？」

おずおずとたずねると、伊織《いおり》くんはおおげさにまゆを上げた。

「なんだよ、急に。」

「だって、わたし芽衣《めい》ちゃんみたいにかわいくないですし、走るのも遅《おそ》いし、ぜんぜん目立たないし……。」

うつむいてそう言うと、伊織《いおり》くんはのどをのけぞらせてあははと笑った。

「芽衣《めい》って、二年の長岡《ながおか》のこと？　あいつ、顔はいいかもしんないけど生意気だろ？　俺《おれ》、気が強い女ってきらいなんだ。だいたい、女が走るのが速くたってしょうがなくね？」

同意を求められたけど、返事ができずにうつむいた。

芽衣《めい》ちゃんは、たしかに自分の意見をはっきり言う性格だけど、生意気っていうのとはちがう気がするけどな……。

今も、他校にどうしても勝ちたい子がいるからって、県大会目指してがんばってる。わたしだってせっかく陸上部に入ったんだから、速く走れるものなら速くなりたい。それは、女子部員全員そうじゃないかな。それに、走るのが速い女の子ってかっこいいと思うんだけど。

「杏南《あんな》はひかえめで、目立たないのがいいんだよ。それにおまえ、肌《はだ》がきれいで、髪《かみ》もさらさらじゃん。」

そう言いながら、伊織《いおり》くんがわたしの髪《かみ》を指ですく。

「俺《おれ》らの学年の女って、みんなメイクしたり髪巻《かみま》いたりしてるだろ？　男はそういうの、きらいなんだって。」

わたしはどう答えていいかわからなくて、「……そうですか。」とだけ答えた。

伊織《いおり》くんはたぶん、わたしのことをほめてくれようとしたんだと思う。

でも、どうしてだろう？　素直《すなお》に喜べない。

今の言い方だと、わたしが好きっていうよりも、わたしが伊織《いおり》くんのきらいなタイプじゃないから付き合ったって意味に聞こえてしまう。

伊織《いおり》くんの言うように、三年の先輩《せんぱい》たちのメイクは校則違反《いはん》だし、あまり中学生らしいとは思えないけど、それでも先輩《せんぱい》たちの雰囲気《ふんいき》にぴったりでよく似合ってると思う。

でも、こんなこと言ったら、めんどくさいやつだと思われちゃうかも。よけいなことを言って、伊織《いおり》くんに、きらわれたくない。

「食い終わった？　だったら、外のゲーセン行こうぜ。」

伊織《いおり》くんが、立ち上がる。

「え？」

（もう水族館、出ちゃうんだ……。）

ペンギンとイルカのショーは観《み》たけれど、まだ深海魚と古代魚の展示《てんじ》を観《み》ていない。できれば、体験学習フロアにも行ってみたかったのに。

「ほら、行くぞ。杏南《あんな》の好きなぬいぐるみ、取ってやるよ。」

「……あ、はい。」

伊織《いおり》くんは、自分の食べ終えたラーメンの鉢《はち》をそのまま置いて歩きだした。

（あれっ、片付《かたづ》けないんだ？）

どうしようかと思ったけど、置いておくわけにもいかない。自分の鉢《はち》と重ねてふたり分の食器を返却口《へんきゃくぐち》に持っていくと、いそいで伊織《いおり》くんのあとを追いかけた。

水族館を出て、ふたりで駅ビルの中に入っていたゲームセンターへ向かう。そこで、プリクラを何枚《なんまい》か撮《と》ったあと、伊織《いおり》くんがクレーンゲームでぬいぐるみを取ってくれた。

最初の数回は失敗ばかりで、伊織《いおり》くんの機嫌《きげん》が悪くなっていくのにハラハラしたけれど、何回目かのトライで見事イルカのぬいぐるみをゲットすることができてホッとした。

「ほら、やるよ。」

伊織《いおり》くんが、イルカのぬいぐるみを差しだした。今日の思い出に、ってことなんだろうけど、じつはわたしは部屋に物が増えるのがいやだから、ふだんからぬいぐるみは買わないようにしている。

(でも、せっかく取ってくれたのに、そんなこと言ったら悪いよね。)

「ありがとうございます。」

わたしは素直《すなお》にぬいぐるみを受け取って、ぎゅっと抱《だ》きしめた。その姿《すがた》を見て、伊織《いおり》くんが満足そうにほほえむ。

それから、ふたりで遊歩道をプラプラ歩いて、今何時だろうとなにげなくスマホを見てびっくりした。もうすぐ七時だ。

「ごめんなさい、そろそろ帰らなきゃ。」

そう言ったら、伊織《いおり》くんが笑った。

「なんだよ、まだ夜になってないじゃん。それにここ、今の時期でも七時になったらイルミネーションがついてめっちゃきれいなんだぜ？　杏南《あんな》に見せてやろうと思ってさ。」

（そっか。だから遠くても水族館に行こうって言ってくれたんだ。）

その気持ちはすごくうれしいけど、今からイルミネーションを見ていたら家に着くのは八時を回ってしまう。夕飯の時間に遅《おく》れたら親が心配するだろうし、明日提出の宿題だってまだできていない。

「ありがとうございます。けど、うち、夕飯が七時半なんで、親が心配するし。」

肩《かた》をすくめてそう答えたら、とつぜん、伊織《いおり》くんの笑顔《えがお》が消えた。

「あ？　夕飯なんて、ちょっとくらい遅《おく》れてもいいだろ？　俺《おれ》と親と、どっちが大事なんだよ。」

一瞬《いっしゅん》、何を言われたのかわからなくて、思考が停止する。

「……えっ、あの。」

伊織《いおり》くんはわたしの手首をつかんで、無理やりあいていたベンチに座《すわ》らせた。

「俺《おれ》は、もっと杏南《あんな》と一緒《いっしょ》にいたいんだって。杏南《あんな》だって、そうだろ？」

耳元でそうささやかれ、頭がぽおっとなる。

(伊織《いおり》くん、そんなにわたしのこと、好きでいてくれてるんだ。)

まっすぐにわたしを見つめる伊織《いおり》くんを見つめかえしていたら、そばにある木々に一斉《いっせい》にイルミネーションが灯《とも》った。まだ完全に暗くはなっていないけれど、その美しさに目を見張る。

「すごい、きれい……。」

思わずつぶやいたら、

「……な？　俺《おれ》の言ったとおりだろ？」

伊織《いおり》くんはチュッと音を立て、いきなりわたしのほほにキスをした。

おどろいて伊織《いおり》くんを見ると、きれいなカーブを描《えが》いたまゆを持ち上げて照《て》れくさそうにほほえむ。

「あ、あの。」

今、わたし、キスされた？

頭が、真っ白になる。

少女まんがにも恋愛《れんあい》ものの映画《えいが》にもこんなシーン、たくさんあった。伊織《いおり》くんと付き合いだしたときから、いつかこんな日がくるのかもって思ったことだって何度もある。

でも、まんがや映画《えいが》のヒロインたちみたいに、うれしいって思えない。それどころか、こわいって思ってしまった。伊織《いおり》くんのこと、大好きなはずなのに。

「なに？　照れてんの？」

伊織《いおり》くんが、わたしの顔をのぞきこむ。息がかかるほど近くに顔があると思ったら、体がこわばった。またキスされたらどうしよう。だまっていたら、伊織《いおり》くんがわたしの手を取り、指をからめる。

「そういうとこが、またいいんだよなあ。」

上機嫌《じょうきげん》な伊織《いおり》くんの横で、体をかたくする。

あの伊織《いおり》くんにキスされた。なのに、どうして足が震《ふる》えるんだろう?

(初めての経験、だからかな。)

アイドルとか、俳優《はいゆう》さんをかっこいいって思ったことはあったけど、実際に目の前にいる男の子を好きになったのは、初めて。もちろん、付き合ったことも。

それがいきなり伊織《いおり》くんみたいにかっこよくて、クラスの男子たちよりもずっと大人っぽい相手と付き合うことになったから、自分とつりあわないような気がして、不安になるのかな。

(……きっと、そうだよね。)

それが正しいかたしかめるように、わたしは伊織《いおり》くんの手をにぎりかえした。


伊織《いおり》くんと付き合いだして一か月がたった。

学校では、わたしは『伊織《いおり》くんの彼女《かのじょ》』としてすっかり知れわたってる。

最近は、登下校だけでなく、お昼休みにお弁当を食べるときも一緒《いっしょ》にすごすようになった(伊織《いおり》くんはお弁当じゃなくて、いつも買ってきたパンだけど)。

伊織《いおり》くんのそばにいられるのはうれしいんだけど、千聖《ちさと》たちとおしゃべりする時間が減ってしまったのはちょっとさみしい。家に帰ってからも、ほとんど毎日伊織《いおり》くんとラインや電話をしてるから、みんなの話題にぜんぜんついていけてないんだよね。

最近の悩《なや》みごとは、ラインの返信が遅《おそ》いと、伊織《いおり》くんが怒《おこ》ること。

夕飯の間や、塾《じゅく》の授業中は返せないって言ってるのに、親や先生にバレないようにすれば返せるだろって怒《おこ》られてしまう。そんなに急いで返事しなきゃいけないような話題じゃないと思うんだけどな。

そして、もうひとつの悩《なや》みは……。

放課後、いつものように公園でおしゃべりして、帰る時間になると、伊織《いおり》くんは決まってわたしにキスをするようになった。それも、前みたいにほっぺじゃなくて、くちびるに。最近ではわたしの制服の袖《そで》やスカートの隙間《すきま》から手を差し入れて、腕《うで》や太ももの内側をなでることもある。

そのたび体がかたまって、こわくて泣きそうになるけど、そうしないと伊織《いおり》くんは家に帰るのを許してくれない。

「今度さ、俺《おれ》んち来いよ。夜、親がいないこと多いから。」

伊織《いおり》くんから何度もそう誘《さそ》われているけど、さすがに夜は家をあけられないって、ことわっている。

わたしが体をさわられるのをいやがっていることも、わかってるみたい。でも、「男なら、好きな子をさわりたいって思うのはあたりまえだろ。」と言われてしまう。

伊織《いおり》くんは『手をつなぐ』をクリアしたから次は『キス』、というように、先へ先へと急ぎたがる。でも、わたしはそうじゃない。手をつないで歩くのは好きだけど、キスは動物っぽい感じがしてこわい。

こんなこと、学校の友だちには相談できない。ぜいたくな悩《なや》みだよって言われてしまいそうだから。

実際、千聖《ちさと》たちには毎日のように『あんなかっこいい彼氏《かれし》に溺愛《できあい》されてしあわせだよねえ。』って言われてしまう。

（そうだよね……、こんなふうに思ってしまうわたしが悪いんだよね。）

今日も帰《かえ》り際《ぎわ》、伊織《いおり》くんに動物みたいなキスをされた。

もやもやした気持ちのまま家に帰り着くと、キッチンからトマトソースの香りがした。

「おかえり。今日はおとうさんが夕飯作ったんだよ。ほら、手、洗《あら》っといで。」

おかあさんに言われて洗面所《せんめんじょ》に向かう。

さっきまで伊織《いおり》くんにキスされていたのに、どんな顔で家族とごはんを食べたらいいんだろう。冷たい水に手をひたし、ばしゃばしゃと乱暴《らんぼう》に顔を洗《あら》う。

テーブルに着いたら、エプロンをしめたおとうさんが、わたしのコップにお茶を注いでくれた。

「杏南《あんな》、最近学校から帰るの遅《おそ》いんだって？」

「……え、うん。」

ドキッとして、顔がこわばる。

「女の子が夜遅《おそ》い時間までうろうろしてたら、隙《すき》があるって思われちゃうぞ。杏南《あんな》もお年《とし》頃《ごろ》なんだから、気をつけないとな。」

ふだんお小言なんて言わないおとうさんが、いつになく真面目な顔で言う。となりでおかあさんが「そうだよ〜。」とうなずいた。

『隙《すき》がある。』

わたし、伊織《いおり》くんにそう思われてるのかな。

だけど、伊織《いおり》くんは『男なら、好きな子をさわりたいって思うのはあたりまえだろ。』って言っていた。

好きなら、しかたないことなのかな。

でも、このままだと、制服の中だけじゃなくて、いつか下着の中にまで手を入れられてしまうかもしれない。そう思ったら、こわくてたまらない。

(付き合ってる子たちって、みんなこんなこと、してるのかな……。)

お風呂《ふろ》あがり、伊織《いおり》くんからまたラインがきてるかなあとスマホを見ると、めずらしく佐那《さな》からラインが届いていた。伊織《いおり》くんからのラインよりも先に開いてみたら、小学校のときの写真が何枚《なんまい》も並《なら》んでる。

『なにこれ?』

わたしが返すとすぐに返事がきた。

『「写ルンです」で撮《と》ったやつ、やっと現像したから。』

思わず、「ぶはっ。」とふきだした。一年半前の写真を今さら送ってくるところが、佐《さ》那《な》っぽくておかしい。

『ずっと会ってないけど、元気?』

『めっちゃ元気。女子校最高。』

すぐにスマホがシュポッと鳴った。学校の友だちだろうか、全力の変顔をした女の子たちの画像が送られてきた。

(そっかあ。楽しそうだなあ。)

佐《さ》那《な》は、小学校のころからまわりの子たちとちがって、ちょっと大人っぽい女の子だった。背《せ》が高くて、まゆげがキリッとしていて、あごが小さくて。

見た目だけじゃなくて、考え方が独特でクラスの女子たちの中ではちょっと浮《う》いてるところがあったけど、わたしは佐《さ》那《な》のしっかり自分の意見を持っているところが好きで、五、六年生のころは毎日のように一緒《いっしょ》にいた。

なのに佐《さ》那《な》は私立《しりつ》の女子校に進学してしまい、中学ははなればなれになってしまった。

それでも一年のころはまだ連絡《れんらく》をとっていたんだけれど、おたがいいそがしくなってきて、二年になってからはほとんどやりとりがなかった。今日は久々のラインってわけだ。

『なんとか先輩《せんぱい》目当てに入った陸部まだ続けてる？』

（そういえば、入学したてのころ、そんな話、佐那《さな》にもしてたんだっけ……。）

そのあこがれの先輩《せんぱい》となんと今、付き合ってるんだよって伝えようか迷ったけど、まずは部活の話だけ先に答えることにした。

『続けてるよ。試合だって出てるんだから。』

『すごいじゃん。試合っていつ？』

『今週末。』

『観《み》に行こうかな。』

『無理無理。どうせ一次予選落ちだもん。観《み》たってしょうがないって。』

『それ、来てって意味だよね？』

『深読みしすぎ。』

ひさびさの佐那《さな》とのラインは楽しくて、何度もメッセージやスタンプを送った。電話で話すほうが早いけど、ラインだからこそ続く会話もあるんだよね。

あちこち飛ぶ話題の中で、佐那《さな》からURLが送られてきた。

『これ聴《き》いてみ。今わたしの最推《さいお》し。杏南《あんな》もきっと「アイユー委員」になるよ。』

『「アイユー委員」ってなに？』

『とりあえず聴《き》いてみ。話はそれからだ。』

『お風呂《ふろ》入るね。』という変なキャラのスタンプを最後に佐那《さな》の返信が止まった。

（なんだろ。）

送られてきたURLを開くと、画面が変わる。

「ポッドキャスト？」

名前はどこかで聞いた気がするけど、どんなものなのかよくわからない。とりあえず『アイとユー』というのは番組名のようで、もうすでに十回ほど配信している。

番組紹介《しょうかい》というところには『中学生のアイが送るトークプログラム』と書いてある。

（トークプログラムってなんだろ？　ユーチューブみたいなものかな？）

再生ボタンがあるので、押《お》してみた。すると、軽快な音楽と共に、かわいらしい女の子の声が流れてきた。

調べたら、ポッドキャストっていうのは、スマホとかタブレットなんかでトークや音楽を楽しめるサービスのことみたい。

事前に録音された番組を配信しているから、ラジオみたいに決まった時間じゃなくても、好きな時間に聴《き》くことができて、なおかつ途中《とちゅう》で中断しても、アプリさえ開けばその続きから聴《き》けるらしい。

最初は中学生がラジオ番組なんてやってるの？　ってびっくりしたけれど、調べてみたらスマホと専用《せんよう》アプリさえあれば、誰《だれ》でも配信できるようだ。

アイの声はとっても甘《あま》くてかわいらしくて、なにより発音がよくて聞き取りやすい。もしかして無名の新人アイドルとかＳＮＳで人気の子の番組かなって思ったけど、正真正銘《しょうしんしょうめい》フツーの中学生みたい。

とりあえず第一回だけ聴《き》こうと思ったのに、ついつい引きこまれて、続きも聴《き》いてしまった。身近な話題が多くて、まるで友だちのおしゃべりを聴《き》いてるみたい。アイの声も心地《ここち》いい。

番組の内容は、最初にアイが軽くおしゃべりをしたあと、リスナーから届《とど》いた悩《なや》みごとや『今日のトークテーマ』についてアイが感じたことを話すって感じ。番組中に広がった話題の中から次のトークテーマについて募集《ぼしゅう》がある。だいたい、そのくりかえしだ。番組のプロフィールページにはアドレスが書いてあって、そこに送れば、アイにメールが届《とど》く仕組みになっている。

『アイユー委員』っていうのは、このポッドキャストのヘビーリスナーのことをいうらしい。配信が始まってまだそんなにたってなさそうなのに、意外とリスナーがいるようだ。

一番いいなと思ったのは、アイが詠《よ》む短歌のコーナー。

(短歌って百人一首みたいなやつ？　そんなお勉強みたいなコーナーがあるの？)って思ったけど、アイの詠《よ》む短歌を聴《き》いてその考え方が一変した。

『ボクわたし　一人称《いちにんしょう》で性別を
判断される百十八位の国』

（百十八位ってなんだろ？）

タブレットで検索《けんさく》したら『ジェンダーギャップ指数』って出てきた。日本は性別に関する差別がまだまだ根強くて、先進国の中で一番意識が低い国って言われてるんだって。

そっか。だからこのポッドキャストのタイトルは『アイとユー』なのか。

（たしかに自分のことを『わたし』って言ったら女の子っぽくて、『ぼく』って言ったら男の子っぽく思っちゃうもんね……。）

そういう決めつけをするのはよくないって歌の中に書かれてるわけじゃないのに、ちゃんと伝わる。

短歌って、そういうふうに詠《よ》んでもいいんだ。おもしろい！

アイが言うには短歌は心のスケッチらしい。

たまたま見た景色とか、ふっとわきあがった感情をスケッチするみたいに歌にするんだって。

（すてき～～！）

サムネイルを見ると次のトークテーマは『恋愛《れんあい》』。今まさにわたしが知りたいトピックだ。

早速《さっそく》再生しようとしたら、ブルブルとスマホが震《ふる》えた。

ハッとして画面を見ると、伊織《いおり》くんからの着信だった。今までのウキウキした気持ちが、とたんに水をかけられたみたいに冷えていく。いそいで通話ボタンを押《お》すと、不機嫌《ふきげん》そうな伊織《いおり》くんの声が飛《と》びこんできた。

『ライン送ったのに、なんで読まねえの？』

『あ、ごめんなさい。お風呂《ふろ》に入ってて。』

とっさにうそをついてしまった。けど、伊織《いおり》くんは不機嫌《ふきげん》な口調のまま『風呂《ふろ》からあがったならすぐ見ろよ。』とまくしたてる。

『ごめんなさい、髪《かみ》をかわかしてからって思って。』

言《い》い訳《わけ》を並《なら》べ立《た》てて何度も謝《あやま》ったら、やっと許してくれた。そのあとは、またどうだっていいおしゃべりが始まる。

（『アイとユー』の続きが聴《き》きたいのにな。）

上の空で伊織《いおり》くんの話にあいづちを打ちながら、自分のつめを指ではじいた。

伊織《いおり》くんとの電話が終わって、すぐにポッドキャストの続きを聴いた。

小学校のころからずっと友だちだと思ってた子とようやく両思いになれました！　という心温まる報告や、彼女《かのじょ》がいる男の子に片思《かたおも》いしているという切ない話、両思いになったけど、緊張《きんちょう》して話ができないと悩《なや》んでる子の話など。

わたしと同年代の子たちのリアルな恋愛話《れんあいばなし》に夢中になって耳をかたむけた。

わたしの学校でも付き合ってる子たちはいるけれど、みんなおおっぴらに悩《なや》み相談《そうだん》なんてしないもんね。

次の投稿《とうこう》は片思《かたおも》いを実らせて両思いになったというアイユーネーム『哀愁金魚《あいしゅうきんぎょ》』さんからだった。

両思いになってしあわせだと思ってたのに、相手の男の子がクリスマスに、元から約束してた友だちとの遊びを優先《ゆうせん》させたのが悲しいって内容だった。

（そっか、それはたしかに悲しいよね。）

そう思っていたら、

『悲しいのは、「哀愁金魚《あいしゅうきんぎょ》」さんじゃなくてお相手のほうじゃないかな？』

アイがそんなことを言いだした。

(えっ、どういうこと?)

『付き合ってるからって、お相手は「哀愁金魚《あいしゅうきんぎょ》」さんのものじゃないよね? そもそも相手の男の子は友だちと先に約束してたんだよね? なのに自分を優先《ゆうせん》させなかったって怒《おこ》られたんじゃあ、悲しいんじゃないかな?』

アイの言葉に、思わず「そっか。」と言葉がもれた。

付き合っているなら、いつでも相手を優先《ゆうせん》させなきゃって思いこんでいたけど、アイの言うことも一理ある。佐那《さな》や千聖《ちさと》とおしゃべりすることも、伊織《いおり》くんとおしゃべりすることもどっちも大事。比べたりなんてできっこない。

『好きだったら独占《どくせん》したいって気持ちになるのはわかるけど、本当に好きなら相手の「好き」を尊重《そんちょう》するのも大事だと思うな。アイならそうしたいかも。けど、お付き合いする上でのルールなんて決まってるわけじゃないから、何が正解かなんてわからないよね。……ということで、次のトークテーマは「こんなのアリ? カレカノのふしぎルール」にしよっか。送り先は番組のプロフィール欄《らん》からどうぞ。』

（うーん、おもしろい！）
まだまだ続きを聴《き》いてみたい。けど、先に佐那《さな》に『アイとユー』の感想を伝えなきゃ。
わたしはベッドに転がって早速佐那《さな》にラインした。
『遅《おそ》くにごめん。「アイとユー」聴《き》いたよ。すごくおもしろい！』
すぐにシュポッと返事がきた。
『でしょ？　きっとハマると思った。』
『なんで？』
『短歌。杏南《あんな》、ああいうエモいの好きでしょ。』
（さすが佐那《さな》、わたしのことわかってくれてる！）
『けど、すごいよねえ。中学生でポッドキャストなんて。』
『なんかうわさでは超絶《ちょうぜつ》美少女らしいよ。知らんけど。』
『いや、あの声絶対そうでしょ。けど、短歌ってもっと堅苦《かたくる》しいものかと思ってた。』
『杏南《あんな》もできるんじゃない？　ほれ、詠《よ》んでみ。』
『そんなの急にできるわけないじゃん！』

このところ、伊織《いおり》くんとばかりラインしてたけど、友だちとのやりとりってやっぱり楽しい。さっきアイが言ってたこと、よくわかる。伊織《いおり》くんのことは好きだけど、佐那《さな》と話したいときだってある。

四六時中一緒《いっしょ》にいなくても伊織《いおり》くんが好きって気持ちが変わることなんてないのに、どうして伊織《いおり》くんはあんなに一緒《いっしょ》にいることにこだわるんだろ。

いつもの変なキャラの『おやすみ。』スタンプが届《とど》いて佐那《さな》とのラインを終えた。

ベッドから起き上がって、時計を見る。もうすぐ日付が変わっちゃいそう。

(でも、どうしても続きが聴《き》きたい!)

スマホをタップして、ポッドキャストのアプリを開いた。

「ヤッホー、杏南《あんな》。」

週末の試合の日。ストレッチをしていたら客席から声をかけられた。

顔を上げたら、佐那《さな》がぶんぶん手を振《ふ》っていた。会うのは、いつ以来だろう?

髪《かみ》が短くなっていて、背《せ》の高い佐那《さな》によく似合っていた。

「え、うそ。マジで来たの？　ってか髪型《かみがた》かわいい。いつ切ったの？」

わたしの問いかけに、佐那《さな》は「落ち着けって。」とククッと笑った。

「あの運動音痴《うんどうおんち》の杏南《あんな》がどんなふうに走るのか見たくてさ。髪《かみ》、いいでしょ。先週切ったんだ。杏南《あんな》は髪《かみ》のびたね。短いほうが似合うのに〜。」

佐那《さな》に言われて、「ありがと。」と肩《かた》をすくめる。

わたしもホントは短くしたい。でも、伊織《いおり》くんが長い髪《かみ》のほうがいいって言うんだからしょうがないんだよ。

「見て、バナーも作ってきたし。」

佐那《さな》が「じゃーん。」と言いながらスケッチブックをかかげる。そこには大きな字で『紅《くれない》の彗星《すいせい》・日高杏南《ひだかあんな》』と書いてあった。

「ちょっとやめてよー！　紅《くれない》ってなに？　ユニフォーム、青なんですけど。」

「ま、そこは許せ。」

「そこ許したらダメでしょ〜！」

ぎゃはははと笑いあっていたら、

「誰《だれ》？　そいつ。」

うしろから声がした。伊織《いおり》くんだ。

わたしは、あわてて姿勢《しせい》を正した。

「あ、すみません。小学校のころからの友だちなんです。今日は応援《おうえん》に来てくれて……。」

わたしが言おうとしたら、すぐに佐那《さな》が真面目な顔になってぺこりと頭を下げた。

「おさわがせしました。宮武《みやたけ》佐那《さな》です。今日はおじゃまにならないように、観戦させていただきます。」

（さっすが、佐那《さな》。）

頭の回転が速い佐那《さな》は、伊織《いおり》くんがわたしのあこがれの先輩《せんぱい》だってすぐに気がついたみたい。わたしの前だとふざけてばかりだけど、きちんとしなきゃいけないときは、ちゃんとその場にあったふるまいをしてくれるんだよね。

伊織《いおり》くんは、それには何も応えず、品定めするみたいにしばらく佐那《さな》の姿《すがた》をじろじろながめてから言った。

「おまえ、どこ中？」

顔を上げた佐那《さな》は露骨《ろこつ》にムッとした表情で、「聖《せい》アーク女学院《じょがくいん》ですけど。」と素っ気なく答えた。

（どうしよう。なんか険悪な感じになっちゃってる……。）

ふたりの間でハラハラしていたら、

「杏南《あんな》。試合の後、一緒《いっしょ》に帰るぞ。ミーティング終わったら、待っとけよ。」

伊織《いおり》くんは佐那《さな》の返事をまるで聞いてなかったみたいな顔で、ふいっと背《せ》を向け、三年の先輩《せんぱい》たちのほうへ行ってしまった。

「……ちょっと、何あれ！」

とたんに佐那《さな》が、いきり立つ。

「シーッ、聞こえるよ。」

「聞こえていいよ！　……ってか、杏南《あんな》。もしかしてあの人と付き合ってんの？」

「……うん。ごめん、だまってて。どうやって切り出したらいいかわかんなくて。」

うつむいたら、佐那《さな》は「それはいいけど！」と足を踏《ふ》み鳴《な》らした。

「杏南《あんな》があこがれてた先輩《せんぱい》と両思いになれたのは喜ばしいよ。でもさ、悪いけどわたし、さっきの人は好きになれない。初対面でなんなの？　あの態度。」

「ごめんね。いやな気持ちにさせて。」

しょんぼりして謝《あやま》ると、佐那《さな》はますます怒《おこ》った。

「謝《あやま》らないでよ。杏南《あんな》はなんにも悪いことしてないじゃん。」

「そうだけど……。」

佐那《さな》はあきれたようにひとつ息をつくと、「ねえ。」と切り出した。

「あの調子だと、杏南《あんな》、ふだん、あの人の言いなりなんじゃないの？」

その言葉に、ドキッとした。

「……え、そんな、ことないけど。」

とっさのことで、声がかすれる。

「付き合ってるからって、なんでも言うとおりにしなきゃいけないなんてこと、ないんだからね。いやなことはいやってはっきり言いなよ？」

佐那《さな》が、まっすぐにわたしを見つめる。

その視線《しせん》を受け止めることができなくて、わたしは佐那《さな》のスニーカーの先を見つめながら「……わかってる。」と消え入りそうな声でつぶやいた。

「もしも、だよ。あの人に理不尽《りふじん》な理由で怒鳴《どな》られたり、いやがることされたり、最悪、暴力振《ふ》るわれたりしたら、すぐに親とか先生に……、ううん、警察《けいさつ》にかけこまなきゃだめだからね。」

佐那《さな》の言葉に、わたしはびっくりして顔を上げた。

「そんな、おおげさだよ。」

「おおげさなんかじゃないよ。好きだから、自分の思いどおりにする、相手の言いなりになるって、そんなのフェアじゃない。本当に杏南《あんな》のことが好きなら、杏南《あんな》の気持ちを大切にするはずだよ。自分が本当は今どう思ってるのか、まちがえちゃだめだってこの間の『カレカノのふしぎルール』の回でアイも言ってたでしょ？」

わたしはあごが胸《むね》につきそうなくらいうなだれて、首を振《ふ》った。

「……ごめん。まだそこまで追えてないや。」

そう答えるだけで精いっぱいだった。

ちょうどそのタイミングで、百メートル女子を招集するアナウンスが流れた。

「ごめん、佐那《さな》。もう行かなきゃ。」

「うん。がんばりなよ。応援《おうえん》してるから。」

その言葉におそるおそる顔を上げたら、佐那《さな》がスケッチブックをかかげた。

「誤解《ごかい》しないでよ。応援《おうえん》してるのは、杏南《あんな》とさっきの人とのことじゃなくて、走る杏南《あんな》のことだからね。……ホントは、杏南《あんな》と一緒《いっしょ》に帰りたかったんだけどな。」

佐那《さな》が、さみしそうな顔で笑う。

「……ごめんね。」

わたしはその顔を見ないようにして、招集場所へと向かった。


今日の成績は散々だった。スタートでフライングしてしまい、二度目のスタートでは慎《しん》重《ちょう》になりすぎて出遅《でおく》れた。結果は、最下位。

せっかく佐那《さな》が応援《おうえん》に来てくれたのに、いいところをぜんぜん見せられなかった。

ベンチに戻《もど》ろうとしたところで、芽衣《めい》ちゃんの組がスタートした。長い手足を躍動《やくどう》させて、芽衣《めい》ちゃんはぶっちぎりの一位だった。タイムは十三秒台。

（……スゴイ！）

芽衣《めい》ちゃんはゴール後、流すようにトラックをはねていく。髪《かみ》が長いときはミオンちゃんそっくりだったのに、走るのにじゃまだからと二年生になってすぐベリーショートにしてしまった。伊織《いおり》くんが言うには、男子たちには不評らしいけど、わたしはすごく似合っていると思う。

（速いのはあたりまえだよね。芽衣《めい》ちゃん、練習の後も自主トレして、ずっと努力してたんだもん。）

入部したころから速かったとはいえ、そこまで大きくタイムはちがわなかったはずなのに、この一年ではっきりと差をつけられてしまった気がする。

（……せっかく部活、続けてきたのに、わたし、今まで何してたんだろ。）

ベンチに戻《もど》ると、一年生の後輩《こうはい》が「杏南先輩《あんなせんぱい》。」と声をかけてきた。

「これ、お友だちから預《あず》かりました。『おつかれさま。』って。」

そう言って差し出したのはスケッチブックとコンビニ袋《ぶくろ》。中には『写ルンです』で写した写真と、『きのこの山』と『たけのこの里』が入っていた。

(佐那《さな》……。)

小学生のころ、『たけのこの里』と『きのこの山』のどっちがおいしいかでガチの言い合いをしたことを思い出す。

「どう考えても『たけのこの里』でしょ?」と言うわたしに、佐那《さな》は「『きのこの山』のクラッカー部分の塩気のよさがわからないとか終わってる。」とか言ってたっけ。

(これ食べながら一緒《いっしょ》に帰ろうと思ってくれてたのかな……。)

受け取ったスケッチブックとコンビニ袋《ぶくろ》を手に、うなだれた。


試合後、ミーティングを終えて解散になった。伊織《いおり》くんが「杏南《あんな》。」とわたしを呼《よ》ぶ。

「おつかれさまでした。」

頭を下げると、伊織《いおり》くんはご機嫌《きげん》な様子で「おう、サンキュ。」とほほえんだ。

今日の伊織《いおり》くんは、すごく調子が良かった。専門《せんもん》の二百と百ではそれぞれ四位と五位に入賞したし、リレーは二次予選で負けちゃったけど、三番手の先輩《せんぱい》がバトンを落としたミスをカバーして、ゴールまでにふたりも抜《ぬ》いた。

伊織《いおり》くんの走る姿《すがた》は本当にきれいで、みんなの視線《しせん》をくぎ付けにしてしまう。

今もふたりで歩いていると、他の中学の子たちが伊織《いおり》くんのことをちらちらと遠巻《とおま》きに見ている。

スプリンターとしても華《はな》があるけど、なにより伊織《いおり》くんの存在《そんざい》自体が、どこか人をひきつけてしまうみたいだ。

「杏南《あんな》も、がんばったじゃん。」

伊織《いおり》くんが、わたしの頭をぽんぽんとなでる。

「え～っ、わたしは、ぜんぜんダメでした。」

しょんぼりとうつむくと、伊織《いおり》くんは「気にすんなって。」と明るく笑った。

「女は、どんくさいくらいがかわいいんだから。」

（またその言い方……。）

伊織《いおり》くんはなぐさめようとしてくれているのかもしれないけど、なんだかばかにされてるような気持ちになる。

「それよりさ、今日来てたおまえのツレ。あいつ、生意気だよな。」

ふいに佐那《さな》の話題になり、えっと顔を上げる。

『聖《せい》アーク女学院《じょがくいん》』って、頭いいけど見た目最悪な女ばっかの女子校で有名だよな。だいたい、生意気な女って男に相手されねえから、勉強するしかないんだろうなあ。」

伊織《いおり》くんが、おかしそうに笑う。

「そんなこと、ないです。佐那《さな》、かわいいし。」

さすがにひどいと思って言い返すと、伊織《いおり》くんはおどろいたように目を開いた。

「なに怒《おこ》ってんの？　しょうがないじゃん。女が言う『かわいい』と男の思う『かわいい』はちがうんだから。あのさ、杏南《あんな》。」

そう言うと、伊織《いおり》くんがわたしの肩《かた》をつかんで強引《ごういん》に引き寄せる。

「あいつと付き合うの、もうやめな。性格も見た目も、かわいくなくなっちゃうぞ。」

伊織《いおり》くんの言葉に、カッと頭に血が上った。

（なにそれ。佐那《さな》はわたしの友だちなのに……！）

「あの……！」

言い返そうとしたら、

「あ、やべえ。バス来たぞ。急げ。」

伊織《いおり》くんがわたしの腕《うで》をつかんで走りだす。ひきずられるようにしてバスに乗《の》りこむと、車内はすでに満員だった。

「もう一歩奥《おく》に入ってください。」

バスの運転手さんのアナウンスにしたがって前へ進む。やっと立ち止まることができたけど、背《せ》が低いわたしはまわりの人たちにうもれてしまい、肩《かた》にさげてるエナメルバッグも押《お》しつぶされて宙《ちゅう》に浮《う》いている。

(駅までこの状態かあ。)

げっそりしていたら、わたしのうしろに立つ伊織《いおり》くんが耳元でささやいた。

「うしろから支えてやるから、安心しろ。」

「はい。」

そう答えようとして、ハッとした。

わたしの胸《むね》に、伊織《いおり》くんの手がのっている……!

満員だから、手を動かせないのかもと思おうとしたけれど、絶対ちがう。

その証拠《しょうこ》に、バスの振動《しんどう》に合わせて、わたしの胸《むね》のふくらみをたしかめるように、ゆっくりと指が広がっていく。耳に、伊織《いおり》くんの熱い息がかかる。

(やだ、やだ、やめて……!)

さけびたいのに、声が出ない。

恐怖《きょうふ》で体がかたまって、どうしていいかわからない。

おそるおそる振《ふ》り返《かえ》ると、伊織《いおり》くんがわたしを見て、ニヤッと笑った。


それから十数分の間。ずっと満員の状態で、ようやく目的地に着くと、転がり落ちるようにして下車した。

(早く逃《に》げなきゃ。伊織《いおり》くんといたら、何されるかわかんない。)

そう思うのに、息を整えるのに精いっぱいで足がもつれる。

バスターミナルから歩道に向かって逃《に》げだそうとしたら、

「すっげえ人だったなあ。」

うしろから伊織《いおり》くんがのんきな調子で言ったけど、わたしは体の震《ふる》えが止まらなくて、答えられずにいた。

「なんでだまってんの？」

わたしの様子がおかしいことにようやく気がついた伊織《いおり》くんが、追いついてきて、わたしの顔をのぞきこんでくる。

わたしは顔を見られないように、さっと視線《しせん》をそらした。

「あ、もしかして、さっきの？」

さすがの伊織《いおり》くんも、わたしがおびえていることに気がついたみたいで、気まずそうに笑った。

「体が密着《みっちゃく》したからさ、ついさわりたくなっちゃったんだよ。しかたないだろ。好きなんだから。」

その言葉に、一気に伊織《いおり》くんの顔から色が消えた。

『付き合ってるんだからいいじゃん。』

『好きだからしょうがない。』

『おまえのために言ってるんだからな。』

全部、伊織《いおり》くんから言われた言葉。

さっきは、とっさに佐那《さな》にうそをついてしまったけど、わたしもちゃんと聴《き》いていた。

『こんなのアリ？　カレカノのふしぎルール』。

リスナーから届《とど》いたいろんなふしぎルールに、思わず笑ってしまったり、おどろいたりしたけれど、どのメールにもアイはとても丁寧《ていねい》なコメントを返していた。

アイは女の子なのに、とてもフラットな考え方をする子みたいで、おどろくほど男の子側の気持ちもわかるみたい。

きっと、『アイとユー』というタイトルどおり、みんなを同じ『アイユー委員』として受け入れてるんだろうな。

そのとき、アイが言っていた。

もしも付き合ってる相手が、『好きなんだからしょうがない。』なんて言いだしたら、それは、ユーが好きってことじゃない。自分がそうしたいだけなんだよって。

本当は、ずっと前からわかってた。

伊織《いおり》くんが好きなのは、わたしじゃなくて自分の言うことを聞いてくれる人。

生意気な女がきらいだっていうのは、つまりは自分の思いどおりにならないからだ。

伊織《いおり》くんはわたしを日高杏南《ひだかあんな》としてではなくて、自分の好きにしていい女の人形くらいにしか見てないいんだ。

「……あの。」

わたしは顔を上げて、はっきり言った。

「別れてください。」

「……はっ？」

伊織《いおり》くんが、顔を歪《ゆが》める。

「わたし、伊織《いおり》くんのこと、好きじゃなくなりました。ごめんなさい。」

そう言って、頭を下げた。肩《かた》にかけたエナメルバッグが、背中《せなか》ではねあがる。

「なんだそれ。そんなの許さねえぞ。」

伊織《いおり》くんが、わたしの前に立ちはだかる。

「許してもらわなくて、いいです。」

震《ふる》えそうになる声で言い返し、わたしは伊織《いおり》くんの横をすり抜《ぬ》けた。

こわい、こわい。

でも、逃《に》げなきゃ。

……走れ！

わたしは地面をけってかけだした。

「待てよ、杏南《あんな》。」

うしろから伊織《いおり》くんの声がする。

足音が近づいてくる。やだ、絶対追いつかれちゃう……！

わたしは立ち止まると、お腹《なか》の底に力を入れてさけんだ。

「助けてくださーい！」

「えっ。」

伊織《いおり》くんが、おどろいた顔で足を止める。

すぐそばの広場でダンスの振《ふ》りを練習していた派手《はで》な服装《ふくそう》のおねえさんたちが、わたしの声に気がついてくれた。

「どしたの？」

金髪《きんぱつ》の人に声をかけられて、わたしはすかさずその人たちのそばへかけよった。

「この人が、しつこいんです！」

とたんに、おねえさんたちの顔が険しくなった。

「はあ～？　あんた、なんなの？」

「この子、いやがってんじゃん。」

見た目が派手《はで》だから、よけいに迫力《はくりょく》がある。

「ち、ちがうんだって。こいつ、俺《おれ》の彼女《かのじょ》で。」

伊織《いおり》くんがしどろもどろで答える。

「だからなんなんだよ。」

「彼女《かのじょ》だろうが関係ねえんだよ。相手がいやがることすんな。バーカ。」

おねえさんたちに責め立てられ、

「うるせえ、バーカ！」

伊織《いおり》くんはあわてふためいた様子で、それでもしっかり暴言をはいて逃《に》げていった。

「は？　なに今の。」

「小学生かよ。」

さんざん伊織《いおり》くんをこきおろしたあと、おねえさんたちが、「だいじょうぶ？」とわたしに声をかけてくれた。

ポロリと涙《なみだ》がこぼれる。

「……すみません、ありがとうございました。」

頭を下げると、おねえさんたちはわたしのそばにかけよってくれて、

「泣かなくていいよ～。」

「こわかったよねえ。」

みんなでわたしの肩《かた》や背中《せなか》を優《やさ》しくさすってくれた。

「……あのさ、杏南《あんな》ちゃん、だっけ。陸部の二年の。」

ふいに名前を呼《よ》ばれて、おどろいて顔を上げる。

ヒョウ柄《がら》の派手《はで》なスウェット上下を着たおねえさんが、サングラスをずらしてわたしを見た。

「ごめんね。あいつ、ヤバいから気をつけなって言おうと思ってたんだけど、いっつもとなりにあいつがはりついてたし、よけいなお世話かなって思って、言いだせなかったんだ。もっと早く言ってあげればよかったね。」

その言葉にアッと声が出た。

私服《しふく》だし、メイクもしているし、おまけにサングラスをかけていたから、気がつかなかったけど、高校生だと思っていたその人は、綺羅先輩《きらせんぱい》だった。

「あいつ、束縛《そくばく》すごいでしょ。三年の女子はみんな知ってるんだけど、後輩《こうはい》のあんたにはわかんなかったよね。」

綺羅先輩《きらせんぱい》はそう言うと、スマホをポケットから取りだした。

「まずあいつのライン消しな。ほんで鬼電《おにでん》かかってきても無視《むし》すること。あいつ、プライド高いからフラれたってまわりに知られるのがいやだろうし、一度ブッチしたら、もうなんも言ってこないとは思うけど、念のため、なんかあったらここに連絡《れんらく》しな。」

そう言われて画面を見ると、そこには『デートＤＶ相談窓口《まどぐち》』と書かれていた。

（『デートＤＶ』……、授業で聞いたことあるけど、そっか。わたしが伊織《いおり》くんにされてたことって、そうだったんだ。)

「わかりました、ありがとうございます。おさわがせして、すいませんでした。」

何度も頭を下げると、

「あんたはなんも悪くないんだから、謝《あやま》る必要ないよ。」

綺羅先輩《きらせんぱい》はそう言って、ひらひらと手を振《ふ》ってお友だちのところへ戻《もど》っていった。

(綺羅先輩《きらせんぱい》、佐那《さな》と同じこと言ってる。)

そのことに気がついて、はあっと息をはきだした。

やっぱり、アイの言うとおりだった。

伊織《いおり》くんはわたしじゃなくて、自分が好きな人。

わたしは伊織《いおり》くんの人形なんかじゃない。

そのとき、ふっと思《おも》い浮《う》かんだ。

『かわいいよ　そう言う君が　なでるのは
わたしじゃなくて人形の髪《かみ》』

指で五七五七七と数えてみる。

今思いついたフレーズだけど、これって短歌じゃない？

すごい、わたしでも、作れた！

わたしはかばんからスマホとコンビニの袋《ふくろ》を取りだして、佐那《さな》にラインを送った。

『今日はありがとう。今から「たけのこの里」食べようよ。わたしの初短歌お披露目《ひろめ》するから。』

すぐに既読《きどく》がついて、返事がくる。

『「きのこの山」なら付き合ってもいいよ。』

わたしはふふっと笑ってから、『ＯＫ』のスタンプを送った。

第2話

あたしはデカい

トークテーマ
見た目問題

人は見た目じゃない、なんて誰《だれ》が言いだしたんだろう?

そいつを見つけだして、ふざけんなって言ってやりたい。

心の中は見えないんだから、見た目がすべてに決まってんじゃん。

あ〜あ。がんばれば、いつかあたしでもかわいくなれるのかな。

けど整形とかはしたくないし、ダイエットもめんどくさい。

そもそも、あたしの場合は、そういう問題じゃない気がするし……。

時計の音が、やけにうるさい。

今、何時だろう?

時間を確認したいけど、スマホにさわったら、またみんなのSNSを見てへこむからやめておこう。

眠《ねむ》れない夜は、考えてもしかたないことばかり考えてしまう。

明日の朝、目が覚めたら今より十センチ背《せ》が低くなっていて、体重が二十キロ減って、きゃしゃでかわいい女の子になっていればいいのに。

そんなこと、あり得ないってわかってるけど。

寝不足《ねぶそく》の日曜日。あくびをかみ殺して、同じクラスの凪咲《なぎさ》と碧《あおい》と三人で、いつものモールに遊びに来た。

出かけるって言ったら、ママから「また?」って言われたけど、何度みんなと遊んでも、ぜんぜんあきないんだからしょうがない。

ドラストで新作コスメを見て、本屋さんで雑誌《ざっし》をチェックして、百均でヘアゴムを買ってから、三人でハンバーガーショップでお昼ごはんを食べることにした。

ドリンクだけ先にもらって、テーブルで待ってたんだけど。

「おまたせしました。」

アルバイトの大学生だろうか。K《ケー》―POP《ポップ》アイドルにいそうな背《せ》の高いおにいさんが、ハンバーガーと大量のポテトを運んできた。

あたしたちがたのんだのは、プレーンバーガー、チーズバーガー、それから一番大きなトリプルビッグバーガー。凪咲《なぎさ》と碧《あおい》はLサイズのポテト、あたしはサラダつきのセットにした。

そしたらおにいさんは、まようことなくあたしの前に、トリプルビッグバーガーとLサイズのポテトを置いた。

「どうぞごゆっくり。」

さわやかにほほえみ、番号札を持って行ってしまった。気まずい空気が流れる。

「ごめん、莉瑠香《りるか》。トリプルビッグとポテトのLはあたしのなのに。」

凪咲《なぎさ》が申《もう》し訳《わけ》なさそうに、自分の前に置かれたプレーンバーガーとサラダをおずおずとあたしに差しだす。

（そんな顔、しないでよ。）

こういうことは、今まで何度もあった。

だから、対処法《たいしょほう》だってちゃあんとわかってる。

「いいよ、いいよ！　だってさー、明らか、あたしが一番大食いに見えるもん。しょうがないって。」

あたしがカラッと笑ってみせたら、凪咲《なぎさ》と碧《あおい》はホッとした表情で、「自分で言うなよ〜。」と笑った。

さっきのおにいさんが、凪咲《なぎさ》と碧《あおい》とあたしを見て、トリプルビッグバーガーをたのんだのはあたしだって思いこんだのは、ある意味しょうがないことだ。だって凪咲《なぎさ》も碧《あおい》も小柄《こがら》で、とてもじゃないけどトリプルビッグバーガーを食べるようには見えないもん。

体がデカいせいで、みんなあたしのことを、勝手にくいしんぼうだと思いこむ。でも、実はあたしは少食だ。一度にたくさんの量を食べられない。

ふだんから、あたしがあんまり食べないのを見て、凪咲《なぎさ》も碧《あおい》も、ダイエットのためって思ってるかもしれない。でも、そうじゃない。

あたしの場合、ちょっとしか食べなくても、勝手に体がデカくなる。

これって、中学一年生女子としてはかなり悲しいことだ。こんな体格なのに、芹澤莉瑠《せりざわりる》香《か》ってアイドル顔負けのラブリーな名前なのも結構キツい。

あたしは、小さいころから体がデカい。

単に太ってるっていうのでもなくて、たてにもよこにもデカいから、たぶん、骨格《こっかく》からぶっといんだと思う。

骨格《こっかく》ストレート、といえば聞こえはいいけど、ようするにがっちり、どっしりしている感じ。

ママからは出産がどれだけ大変だったかって話を今まで何度も聞かされてきた。

あたしは四千八百グラムの超巨大児《ちょうきょだいじ》で、ママは出産するときに尾《び》てい骨《こつ》を骨折《こっせつ》して、入院が長引いたんだそうだ。

ママの言うとおり、同い年の赤ちゃんと一緒《いっしょ》に撮《と》った写真を見ると、三月生まれなのが信じられないくらいにあたしだけとびぬけてデカい。

幼稚園《ようちえん》のころから、どこかに出かけるたびに、ぜんぜん知らない人に、「ずいぶん大きい子ねえ。」って話しかけられることが多かった。

小学校の低学年のころは、あたしの見た目をからかって、「ブルドーザー」とか「デカ澤《ざわ》」なんて呼《よ》ぶ男子もいた。

そしたら、まわりの友だちは、みんなすぐに「そんなこと言ったらかわいそうでしょ！」とかばってくれた。男子たちにからかわれたことはもちろんだけど、まわりの友だちに「かわいそう。」って言われたことも、かなりショックだった。

町内の集まりもいやだった。

年に一度のお祭りでしか会わないおじさんたちの、「女の子なのにずいぶん大きいなあ。」、「あんまり食べすぎるとお嫁《よめ》にいけなくなっちゃうよ。」なんて容赦《ようしゃ》ない言葉に、いつも傷《きず》ついていた。

映画《えいが》やドラマ、アニメでも、いつだって主人公は小柄《こがら》できゃしゃな女の子ばかり。

体がデカい女は、主人公の友だち役、それも笑いをとるにぎやかなキャラか、言いたいことをずばずば言う切れ者キャラでしか登場しない。

最近は『プラスサイズモデル』って名前で、体が大きい人でもモデルになれたり、タレントとして人気があったりもするけれど、だからってあたしが急にモデルになれたりタレントになれたりするわけじゃない。

『ボディ・ポジティブ』って言葉も知ってるけど、体がデカくても堂々としていられる人は、見た目のことなんて吹《ふ》き飛んでしまうような才能が別にあるから自信を持てるんだと思う。

ちなみに、あたしは勉強もできないし、運動もできないし、音楽の才能も、絵を描《か》く才能も、ついでにおしゃれのセンスもない。

自分の見た目について悩《なや》みだしたのは、いったいいつからだろう?

たぶん、この出来事、ってはっきりしたものではなくて、日々のいろんな場面で誰《だれ》かに投げかけられた言葉とか、視線《しせん》とか、態度とかで、自分の体のデカさを思い知り、そのたびちょっとずつ傷《きず》ついてきたっていうのが、一番しっくりくるかもしれない。

今、あたしのまわりにいる子たちは、みんな優《やさ》しい子ばかりだから、あたしの体がデカいことをからかったりなんてしない。

なんならみんな、その話題にふれないようにしてくれているくらいだ。けど、どうしたって自分の見た目を他の子たちと比べてしまう。

こんなことで悩《なや》んでるなんて、はずかしくて誰《だれ》にも知られたくない。

体がデカくても気にしない、明るい元気な子だって思われたい。

だからあたしは先回りして、自分をネタにするようにしている。いわゆる、自虐《じぎゃく》ネタってやつだ。

たとえば授業中、ゾウやらカバやらが話題に出たら、誰《だれ》かに言われる前に、「えっ、これあたし?」と真っ先に言う。そしたら、みんながドッと笑う。

先生も、あたしが言いだしたことだから特に注意なんてしない。

(それでいいんだよ。)

だってそれなら、みんなは、あたしが見た目に悩《なや》んでるって気がつかない。

自虐《じぎゃく》ネタばかり言ってきたせいで、クラスの中で、あたしは何を言われても気にしないあっけらかんとした性格だって思われている。

もちろん自分からそういうキャラを演じてきたんだから、みんながそう思ってたって、しょうがないんだけど、やっぱりもやもやしてしまう。小柄《こがら》で女の子っぽい見た目で、みんなからかわいいって言われている子たちがうらやましい。

(あたしもあんなふうに生まれたかったな……。)

たまに、男の人と恋人《こいびと》同士のように連れ立って歩いている体がデカい女の人を見かけて、ホッとすることがある。

よかった。あんなにデカくても、誰《だれ》かに好きになってもらえるんだって。

そんなふうに思ってしまう自分を最低だなって思う。

学校の先生だって、親だって、見た目がすべてじゃないって言ってる。

本当は、体がデカくてもいいんだってこともわかってる。

そういうなぐさめは、今まで何万回と言われてきたし、本にも、小説にも、まんがにも、書かれている。

わかってる。全部わかってるんだよ。

だけど、そう思えないから苦しいんじゃん。


「莉瑠香《りるか》～、どしたの。食べないの？」

凪咲《なぎさ》の声に、ハッと我《われ》に返る。

「え、あ、ごめん。」

あたしは手に持ったままだったハンバーガーにかぶりついた。

すっかり冷めたハンバーガーは、べちゃっとしていて、少し塩辛《しおから》かった。


梅雨《つゆ》の中休みのある日。

お昼休みに凪咲《なぎさ》たちとお弁当を食べたあと、あたしは「ちょっと保健室行ってくる。」と小声で伝えた。

「もしかして、生理?」

「この間もだったのに、もう来ちゃったの?」

凪咲《なぎさ》と碧《あおい》も小声で聞いてくる。

「あたし、結構不順なんだ。生理中、ずっと体調悪くてさ。」

言《い》い訳《わけ》がましくそう伝えたら、「そっかあ。それはツラいね。」と同情してくれた。「ついていこっか?」の言葉に「だいじょうぶ。」と応えて教室を出る。

(ごめんね、ふたりとも。)

ホントは、生理なんかじゃない。

五時間目は体育。このところ、体育館でダンスをしている。

壁面《へきめん》の鏡を見てダンスの振《ふ》りをみんなと合わせなきゃいけないんだけど、小柄《こがら》な子たちに混じってダンスしてる自分の姿《すがた》を見るのは苦痛《くつう》でしかない。見た目が気になりすぎてリズムに乗れないいし、まわりに「なにあれ。」って思われてそうで、落ち着かない。

だから、欠席一択《いったく》。

そのためには、まわりのみんなにも生理アピールしておかなきゃなんない。

我《われ》ながら、ばかみたいだなって思う。

誰《だれ》もそこまであたしのことなんて見てないのに。

廊下《ろうか》を歩きながら、すれちがう他のクラスの子たちの姿《すがた》を目で追う。

きゃしゃな肩《かた》に、シャツからのぞく細い腕《うで》。はっきりめだつひざ小僧《こぞう》。

どうしてあたしは、あんなふうに生まれてこなかったんだろう？

うちの家族は、全員体格が似ている。

パパもママも、おじいちゃんもおばあちゃんも、ママのおにいさんの徹《とおる》おじさんも、うちの血筋《ちすじ》は、みんなもれなく体がデカい。

そもそも、うちの家族は体がデカいのを悪いことだと思っていない。

「あのねえ、りるちゃん。背《せ》が大きいことも、体ががっちりしてることも、ちっとも悪いことじゃないよ？」

「そうそう、うちの家系《かけい》はみんな健康体で大きな病気してないでしょ？　ひいじいちゃんも、九十過ぎまで生きたんだから。」

パパもママも、そう言って豪快《ごうかい》に笑い飛ばす。

(なにそれ。体の大きさと、健康かどうかとはぜんぜん関係ないじゃん。)

おおらかなのはいいことなんだろうけど、おおらかすぎて、あたしの繊細《せんさい》な悩《なや》みにはまったく気がついてなさそう。

それに、うちの家族はあたしとちがって、食べることが大好きだ。

週末は車で大きなスーパーや道の駅に向かい、大量の食材を買ってきて、これでもかと食卓《しょくたく》に並《なら》べる。

あたしがあんまり食べないのは、小さいころからうんざりするくらい、「食べろ食べろ。」と言われ続けたからじゃないかなあってひそかに思っているくらいだ。

パパたちがどう言おうと、とにかくあたしは見た目からしてかわいくて、誰《だれ》かに選んでもらえるような女の子になりたかったんだ。

トイレの前にある大きな姿見《すがたみ》にあたしの姿《すがた》が映《うつ》る。

首が太く、肩《かた》が広くて、がっちりとした体。

どんなスカート丈《たけ》にしたって似合わない太い脚《あし》。

誰《だれ》だって、こんなあたしのこと、選びたくなんてないよね。

体育を欠席するには、別に保健室の先生の許可がなくても、生徒手帳に親のハンコがあればそれでいい。けど、あたしはアリバイ作りのために保健室に行くことにしている。

先生は、たびたび生理だと言って保健室に来るあたしのことを、あやしんでいると思う。体育の授業を受けたくないんだろうなあと気がついてるはずだ。

先生は、毎回、何か言いたげな顔をするけど、なんにも言わない。先生もあたしをどう扱《あつか》っていいのかわからないのかもしれない。

でも、あたしだって自分をどう扱《あつか》っていいのかわかんないんだよ。

あー、いつになったら、自分の見た目を気にしなくなれるんだろう?

見た目なんて関係ない。

そう心から思えたら、楽なのに。

ママもよそのおかあさんたちに比べたらかなり体格がいいのに、こどものころ、見た目に悩《なや》まなかったんだろうか。体格がいいもの同士だから、パパと結婚《けっこん》できたのかな?

知りたいけど、『見た目ばっかり気にしないの！』ってお説教されそうで聞いたことはない。


あたしは一度息をはきだしてから、保健室のドアを開けた。

「失礼しまーす。」

だけど、先生の返事がない。

おかしいなと思って中をのぞきこむ。けど、やっぱりいない。

「先生、いますかあ～？」

窓《まど》が開いているのか、真っ白なカーテンが、風をはらんで大きくふくらんだ。

戸じまりもせず、窓《まど》も開けっぱなしってことは、先生はトイレに行っているのか、はたまた急用ができたのか。

（そろそろ行かなきゃ授業に遅《おく》れるし、とりあえず、ハンコあるからいっか……。）

そう思って、なにげなく視線《しせん》を右にやった。カーテンが半分開いたベッドの上に、黒い影《かげ》が見える。

「びっ……！」

思わずさけんだあたしの声に反応して、黒い影《かげ》が顔を上げる。

ベッドに座《すわ》ってこっちを見ていたのは、同じクラスの渡辺《わたなべ》小麦《こむぎ》さんだった。

「……っくりしたあ！　いるなら、言ってよ！」

思わずそう言ったら、

「だって、『先生、いますかあ～？』って言ってたでしょ。わたし、先生じゃないし。」

渡辺《わたなべ》さんは肩《かた》をすくめた。

（……まあ、そりゃあ、そうだけどさ。）

あたしはちらっと渡辺《わたなべ》さんを見た。暑いのに、今日もたっぷりした長そでのジャージを着ている。

渡辺《わたなべ》さんは、学区じゃない地域《ちいき》から越境入学《えっきょうにゅうがく》してきたちょっと訳《わけ》ありの人だ。

ホントかどうか知らないけど、中学受験に失敗し、地元の公立中学に行きづらくてうちの中学に来たらしいよって凪咲《なぎさ》が言ってた。

そんな事情があるせいか、入学してもうすぐ三か月になるのに、渡辺《わたなべ》さんはクラスの子たちと積極的に関わろうとしない。

渡辺《わたなべ》さんは、色が白くて、手足が細く、髪《かみ》の色も茶色っぽくて『2Hのえんぴつで下書きしました』みたいな人。つまり、とっても線が細い。極太油性《ごくぶとゆせい》マーカーで輪郭《りんかく》を描《えが》いたみたいな存在感《そんざいかん》アリアリのあたしとはおおちがいだ。

渡辺《わたなべ》さんは、いつも制服のシャツを着ずに長そでのジャージ、それもかなりのオーバーサイズのものをダボッとさせてスカートに合わせている。

他の子がそれをしたら絶対先生に注意されるのに、渡辺《わたなべ》さんはなぜかなんにも言われない。クラスの中では、そのことに不満を持っている子もいる。

そういう事情もあって、あたしを含《ふく》めたクラスの女子は、渡辺《わたなべ》さんと絡《から》みがない。

本人もまったく気にしていない様子で、休み時間になるといつも教室からいなくなる。どこへ行くんだろうと思ってたけど、なるほど、保健室かと納得《なっとく》した。

(えーっと、どうしよう……。)

あたしは、渡辺《わたなべ》さんと話をしたことがない。けれどさっき、中途半端《ちゅうとはんぱ》に会話をしてしまったし、このまま何も言わずに教室に戻《もど》るのもよくないような気がする。

(同じクラスなんだもん。声くらいかけたほうがいいよね。)

「あのう、あたし、同じクラスの芹澤《せりざわ》です。」

おずおずとそう伝えると、「うん、知ってる。」とすぐに返事があった。意外とはきはきした声だ。

よく見ると、涙袋《なみだぶくろ》がぷくっとしていてかわいらしい。いつも無表情だけど、笑うときっとかわいいんだろうなって感じの顔立ちだ。

「あっ、そうだよね。あたし、視界《しかい》に入りやすいもんね。」

笑いながら言ったら、「えっ、どうして?」と真顔で返された。

(いやいや、言わせないでよ……。)

そう思いながらも、しかたなく「ほら、あたし、デカいから。」と笑ってみせた。

でも、反応なし。

(なんなの~。)

とつぜん、あたしの中でむくむくと渡辺《わたなべ》さんを笑わせたい欲《よく》がふくらんできた。

誰《だれ》とでもなかよくしなきゃ、とは思ってないけど、同じクラスで気まずい関係になるのって、なんかやだし。

「あのさ、あたしの名前、芹澤莉瑠香《せりざわりるか》っていうんだ。この見た目でその名前かよってウケるでしょ？」

明るい声でそう言ったら、渡辺《わたなべ》さんはしばらくだまっていたけれど、「そういうの、やめない？」と言った。

「……えっ。」

一瞬《いっしゅん》、何を言われたかわからずおどろいていると、渡辺《わたなべ》さんがあたしをじっと見た。

「自虐《じぎゃく》ネタってどう反応していいかわからなくて困《こま》るし、自分の見た目で笑いをとるって、なんか痛々《いたいた》しいかも。」

渡辺《わたなべ》さんはあっけらかんとそう言うと、「じゃあね。」とあたしの前を通り過ぎて保健室から出ていった。

しばらく渡辺《わたなべ》さんの消えたドアを見つめていたけれど、

(なにあれ――っ！)

あたしは、むうっと下くちびるをつきだした。

痛々《いたいた》しいってなに？　せっかくこっちから声かけてあげたのに！

そこへ、ぱたぱたと足音が近づいてきて、がらっとドアが開いた。

「あら、芹澤《せりざわ》さん、来てたんだ。ごめんごめん。急に副校長先生に呼《よ》びだされちゃって。

えーっと、今日はどうしたの？　いつもの生理痛《せいりつう》かな？」

あわてて戻《もど》ってきた先生が、白衣をひるがえしてイスに座《すわ》る。

「……いえ、だいじょうぶです。」

あたしはぺこりと頭を下げて、保健室を出た。教室に向かいながら、さっき渡辺《わたなべ》さんに言われたことを思い出す。

『自虐《じぎゃく》ネタってどう反応していいかわからなくて困《こま》るし、自分の見た目で笑いをとるって、なんか痛々《いたいた》しいかも。』

とたんに、キーッと頭をかきむしりたくなる。

わかってるよ！

でも、そうでもしないと、こっちが傷《きず》ついちゃうんだよ！

どうせ、あんたみたいに見た目に悩《なや》みがなさそうな人にはわかんないだろうけどさ。

（なんなの、あの人。ムカつくんだけど！）


夕飯の後、あたしは早々に自分の部屋に戻《もど》ってベッドにひっくり返った。

（あ〜あ、今日はひさびさにムカついたなあ。）

あのあとの体育の時間、渡辺《わたなべ》さんも見学だった。

見学者はあたしたちふたりだけだったから、となりに座《すわ》ってちらちら渡辺《わたなべ》さんのほうを見たけれど、わざとなのか、なんなのか、ぜんぜんこっちを見ようとしない。

授業の後、渡辺《わたなべ》さんに言われたことを、「こんなこと言われたんだよー。」って凪咲《なぎさ》たちに言いつけてやろうかと思ったけど、見た目の話題を出したら余計な地雷《じらい》を踏《ふ》んでしまいそうでやめておいた。

ムカムカする気持ちを抱《かか》えて、「あー！」とさけびながらころがっていたら、

「りるちゃーん、アイスあるよ〜。」

階下から、おばあちゃんがあたしを呼《よ》ぶ声が聞こえた。

「いらない！」

ドアに向かって怒鳴《どな》りかえす。

夜八時以降《いこう》は食べないって言ってるのに、おばあちゃんはいつも、あたしに甘《あま》いものを食べさせようとする。

「早く降《お》りといで～。」

「だから、いらないってば！」

声を張り上げて言ったのに、

「ほら、早くしないととけちゃうよ～。」

おばあちゃんは聞いてない。

（あ～っ、もう！）

いつだってそうだ。おばあちゃんは、あたしが根負けするまで、何度もしつこく声をかけてくる。

しばらくすると、階段《かいだん》を誰《だれ》かが上がってくる音がして、カチャリとドアが開いた。

おどろいてはね起きると、おばあちゃんがアイスとスプーンを持ってにこにこ笑って立っていた。

「りるちゃん、ここ置いとくね。」

そう言うと、机《つくえ》の上にアイスとスプーンを置いて出ていった。

(もう、いらないって言ってんのに!)

おばあちゃんは昔から、食べ物を与《あた》えること=愛情だと思ってるところがあって、あたしがことわればことわるほど、押《お》しつけてくる。悪気がないことがわかるだけに、邪険《じゃけん》にすることもできず、いつもしぶしぶ食べてしまう。

おばあちゃんが持ってきたのは、脂肪分《しぼうぶん》たっぷりの高級アイスだった。味は、クッキー&クリーム。小さいころに、あたしがおいしいって言ってから、ずうっとこればっかり買ってくる。もうあのころとはちがうのに。

机《つくえ》を見ると、アイスのカップの外側に、ぷつぷつと水滴《すいてき》が浮《う》かんでいた。しかたなくふたを開けると、まわりがとろりととけていた。

「しょうがないなあ。」

ふたについているクリームをスプーンですくった。高級なだけあって、めちゃくちゃおいしい。

「あ～あ、こんなの食べたら、ますます体がデカくなっちゃうじゃん。」

文句を言いながらも、パクパク食べる。

あたしって、意志が弱いのかなあ。

けど、おばあちゃんに言われたら、ことわりにくくない？

こういう場合、他のみんなはどうしてるんだろ？

ふっと渡辺《わたなべ》さんの顔が思《おも》い浮《う》かんだ。

（渡辺《わたなべ》さんだったら、相手が誰《だれ》であれ、きっぱりことわりそうだよなあ。）

渡辺《わたなべ》さんは、たぶん意志が強い人なんだろう。だから、あんなにほっそりしてるのかもしれない。なんか、意識高《いしきたか》い系《けい》って感じ。

（あー、渡辺《わたなべ》さんのことなんて思い出すんじゃなかった。ももやしちゃうよ！）

あたしはスプーンをくわえたまま、耳にワイヤレスイヤホンをつっこんだ。

こういうときは、ポッドキャストを聴《き》くに限る！

ポッドキャストというのはインターネットを通じて配信される番組のこと。お笑い芸人さんの番組や英会話や歴史を学ぶ番組、音楽番組なんかもある。

前に、ひまつぶしにスマホをいじっていたら、ぐうぜんおもしろい番組を見つけた。

それが、『アイとユー』。

パーソナリティーは、アイという名前の女の子。番組紹介《しょうかい》のページに中学生って書いていた。ちょっと甘《あま》ったるい感じのかわいらしい声の持ち主なのに、口調がときどきボーイッシュになるのがすごくかわいい。

おもしろかったので、すぐに過去のアーカイブを全部聴《き》いてみた。

リスナーも、中学生が多いみたいで、トークテーマに寄せられるメールの内容はどれもめちゃくちゃリアルだ。そこも、気に入った。

アイはかわいらしい声とは裏腹《うらはら》に、かなりしっかりした考えを持ってる子みたいで、みんなから届《とど》いたメールへの返しが的確でいつも感心する。

それだけじゃなく、アイは毎回、番組の最後に短歌を詠《よ》む。

最初は、（なんで短歌？）って思ったけど、それがすごく『わかる〜！』って感じで、胸《むね》にストンと落ちるのだ。

（アイってどんな子だろうなあ……。）

きっと、アイドルとか声優《せいゆう》さんみたいな芸能人志望の女の子なんだろうなと思って検索《けんさく》してみたけど、公式のSNSはないみたいで、写真も見つけられなかった。

声からだけでしかイメージできないけど、きっと、細くてきゃしゃなかわいらしい女の子なんだろうな。

だから、芸能人じゃなくてもポッドキャストなんてできるんだと思う。自分に自信がない子が、こんなことするわけないもん。

『今日のトークテーマは「見た目」について。めちゃくちゃ大きい反響《はんきょう》がありました。みんな、悩《なや》んでるんだねえ。』

「やった！　とうとうこのテーマだ。」

この間、告知があったときから、いつこのトークテーマについて話すんだろうって楽しみにしていた。

実は、あたしも初めてメールを送ってみたんだよね。どうせ読まれるわけないだろうけど、と思いつつ、スマホをスピーカー設定にした。

イスにもたれて、ほぼとけたアイスを食べながら、アイの声に耳をかたむける。

『まずは、アイユーネーム、「極太油性《ごくぶとゆせい》マーカー」さんからのメールです。』

「え！」

あたしはくわえていたスプーンがのどに詰《つ》まりそうになって、ゲホゲホと盛大《せいだい》にせきこんだ。

「やば、あたしじゃん……！」

スプーンをほうりだして、あわててスマホの音量を上げる。

『見た目より中身だなんて百万回言われてきたけど、それならどうしてみんなは見た目であたしが大食いだって決めつけるのかわかりません。この間、こんなことがありました。きゃしゃな体形の友だちふたりとハンバーガーをたのみました。そしたら……。』

アイが読みあげているのは、まちがいなくあたしが送ったメールだった。

この間の、ハンバーガー事件について、それからほしい服に限って自分にぴったりのサイズがないことについても。

誰《だれ》にも言えない思いを、アイに向けて書いたのだ。

『「自分が体がデカいことで悩《なや》んでるってまわりの人に知られたくなくて、でも、やっぱり誰《だれ》かに知ってもらいたくて、じゃあ誰《だれ》に言えばいいのかわからなくてずっと悩《なや》んでて。だからアイに聞いてほしくてメールしました。こんな下手な文章の支離滅裂《しりめつれつ》なメールでごめんなさい。」……ううん、支離滅裂《しりめつれつ》なんかじゃないよ。「極太油性《ごくぶとゆせい》マーカー」さん、ユーの気持ち、めちゃくちゃわかる！　見た目で「こいつはこういうやつだろう。」なんて、勝手に決めつけないでほしいよね。それに、服のサイズが合わないと、自分が規格外だって言われてるような気持ちになるのも、すっごいわかる！　どうしてみんなとちがうんだろうって、傷《きず》つくよね。』

「うわあ、マジか……！」

あたしは、アイの声を聴《き》きながら涙《なみだ》ぐんでしまった。

あのアイが、まるであたしだけに語りかけてくれているようで、胸《むね》がいっぱいになる。

ずっと誰《だれ》にも言えなかったあたしの思い、アイはわかってくれた……！

最後にアイが恒例《こうれい》の短歌を詠《よ》んだ。

『赤ちゃんのころは自分の見た目など
　悩《なや》んでなかった　なのにどうして』

あたしは、いそいでアイが詠《よ》んだ短歌をノートに書き留めた。

何度もくりかえし読み返して、なるほどなあとつぶやく。

たしかに赤ちゃんのころは自分が他の赤ちゃんと比べてデカいとか小さいとか思わなかった。……いや、そんな記憶《きおく》ないけど、きっとたぶん、絶対そう。見た目のことなんて考えたこともなかったと思う。

けど、成長して、まわりの人たちから言われた言葉や視線《しせん》や態度で、自分がデカいってことを自覚した。

つまり、まわりの人のせいで、今、あたしは悩《なや》んでるってこと？

じゃあ、アイが見た目に悩《なや》んでいる子たちに伝えようとしているのは、まわりの人の言うことなんて気にするなってこと？

「え〜っ、それはどうかなあ。」

イスにもたれて、天井《てんじょう》を見上げる。

だって、凪咲《なぎさ》も碧《あおい》も、小柄《こがら》できゃしゃだ。

そりゃあ、ふたりにもそれぞれ悩《なや》みはあるだろうけど、少なくとも見た目でからかわれていやな思いをしたことなんてないはず。

前に凪咲《なぎさ》たちと買い物に行ったとき、こんなことがあった。

フードコートでおしゃべりしていて、あたしがトレイを返しに行っている間、ふたりは大学生くらいの知らない男の人ふたりに声をかけられていた。あたしが戻《もど》ってきたらその人たちは、そそくさといなくなった。

話を聞いたら、さっきのは大学の漫才《まんざい》サークルの人たちで、一階のイベントステージで今からお笑いライブをするから観《み》にこないかって誘《さそ》われたらしい。

「無料みたいだから、莉瑠香《りるか》も一緒《いっしょ》に行こうよ。」

「行ったら、アイスおごってくれるって言ってたよ。」

ふたりはそう言ってくれたけど、あたしは早く帰らなきゃいけないからってうそをついて先に帰った。

だって、あの人たちは凪咲《なぎさ》たちに観《み》に来てほしいんであって、あたしに来てほしいなんて思っていない。なのにのこのこついていくほど、あたしは鈍感《どんかん》じゃない。

(やっぱり、見た目、なんだよなあ。)

まだふたりとも彼氏《かれし》はいないけど、近い将来《しょうらい》、きっと誰《だれ》かから告白されるだろうし、ふたりが告白しても、すぐにOKしてもらえるだろう。

ふたりは、きっと誰《だれ》かに選んでもらえる。

けど、あたしは……。

人は見た目がすべてじゃないなんて、建て前だ。

あたしみたいに、デカくてゴツくてかわいさのかけらもない女をなぐさめるために用意された言葉。

あたしがいつか誰《だれ》かに選んでもらえる日なんて、永遠にくるわけない。

さっきはアイの言葉に励《はげ》まされたと思ったけど、やっぱりアイもあたしとはちがう。声だってかわいいし、きっと選ばれる側の女の子なんだろうな。

かわいいくせに、「あたしは見た目なんて関係ないと思う。」なんて平気で言う意識高《いしきたか》い系《けい》。渡辺《わたなべ》さんと似たような感じの。

あ〜あ、あたしの本当の気持ちなんて誰《だれ》にも理解してもらえないんだ。

そう思ったら、心臓《しんぞう》を素手《すで》で、ぎゅっとにぎられたような気持ちになった。


七月に入った。

あたしの大きらいな季節だ。なぜなら、プールの授業が始まるから。

「保健室、行ってくるね。」

体育の前の休み時間、あたしが席を立とうとしたら、

「あれっ、今日も見学？」

凪咲《なぎさ》たちにたずねられ、「うん。」とうなずいた。

「昨日急に生理になっちゃって……。」

小声で言うと、凪咲《なぎさ》と碧《あおい》は一瞬《いっしゅん》だまったあと、「そっか、ならしょうがないね。」とだけ言って、更衣室《こういしつ》へと向かった。

ふたりを見送ったあと、保健室へ向かう。

(さすがにうそだって思われてるんだろうなあ……。)

でも、実際にうそなんだからしょうがない。

水泳の授業は、トラウマしかない。

小学校のころ、友だち同士で市民プールに行ったことがある。

そのとき、そばにいたよその小学校の男子たちがあたしを見て、「すっげえゴツい女。」、「あいつが泳いだら、波起こしそう。」と笑った。

きっと一緒《いっしょ》にいた友だちにも聞こえていたと思う。けど、みんな聞こえていないふりをしてくれた。

その優《やさ》しさがよけいにみじめに感じられて、泣いていることに気づかれないよう、しばらく水の中にもぐっていた。

それ以来、あたしは水泳の時間、水着にならなくてすむように極力見学するようにしている。

(あー、やだやだ、またいやなこと思い出しちゃった。)

保健室の前に立ち、

「先生ー、芹澤《せりざわ》です。」

ドアをノックしたけど、また返事がなかった。

(ま、いっか。生徒手帳にハンコ、ついてきたし。)

回れ右して教室に戻《もど》ろうとしたら、うしろでドアが開く音がした。

振《ふ》り返《かえ》ると、体操服姿《たいそうふくすがた》の渡辺《わたなべ》さんが立っていた。

「あ。」

この前、保健室で話して以来だ。なんとなく気まずい。

渡辺《わたなべ》さんはあのときと同じく真顔で、じっとあたしを見ている。

「えっと、渡辺《わたなべ》さんも見学?」

特に深い意味もなくそう質問したけど、渡辺《わたなべ》さんは無表情のままだ。

「中に入って。」

渡辺《わたなべ》さんはそう言うなり、あたしの手首をつかんで、ぐいっと引っぱった。

意外と力が強い。よろけるようにして、保健室の中に足を踏《ふ》み入《い》れた。

ピシャン。

渡辺《わたなべ》さんが、ドアを閉《し》めた。

「ちょっと触《さ》わってもいい？」

続けてそう言うと、あたしの背後《はいご》に回った。

「な、なに？」

どこを触《さ》わられるのかと、身がまえる。

すると渡辺《わたなべ》さんは、あたしの肩《かた》に手を置いて、制服越《せいふくご》しに、首の付け根あたりから腰《こし》のあたりまで二本の指でまっすぐに線を引いていく。

「前から思ってたんだ。芹澤《せりざわ》さんの背骨《せぼね》、太くてしっかりしてるね。」

その言葉に、カッと頭に血が上った。

「どうせ、体がゴツいって言いたいんでしょ！」

そう言って、突《つ》き飛《と》ばすように渡辺《わたなべ》さんの手を振《ふ》り払《はら》う。

渡辺《わたなべ》さんは、少しよろけたけど、気にする素振《そぶ》りもなく言った。

「……そういうわけじゃないよ。わたしね。」

そうつぶやくと、ふいに両手をクロスさせ、がばっと大きめの体操服《たいそうふく》を脱《ぬ》ぎはじめた。

「ちょ、ちょっと、なにすんの……⁉」

あわてるあたしにかまわずに、渡辺《わたなべ》さんは短パンにも手をかける。

上下とも体操服《たいそうふく》を脱《ぬ》ぎ捨《す》て、水着姿《みずぎすがた》になった渡辺《わたなべ》さんは、その場でくるりとあたしに背《せ》を向けた。

「な、なんなの？　……あっ。」

こちらに向けられた渡辺《わたなべ》さんの背中《せなか》。背骨《せぼね》が、まるで洗面台《せんめんだい》の下にあるパイプのように、ぐにゃりとねじ曲がっている。

息をのむあたしのほうへ、渡辺《わたなべ》さんが首だけで振《ふ》り返《かえ》った。

「見た？」

「え、ええっと、何を？」

さっと視線《しせん》を落として言う。

「うそつかないで。わたしの背骨《せぼね》が曲がってるの、気がついたでしょ。」

ズバリ言われて、どうしようかと思ったけど、今さらごまかすのもしらじらしい。あたしは正直にうなずいた。

「……うん、ごめん。」

「なんで謝《あやま》るの？」

かぶせるように言われて、どう答えようか迷った後、「そうだね、ごめん……。」また謝《あやま》ってしまった。

「そりゃあ、どんな反応していいか、わかんないよね。」

渡辺《わたなべ》さんは、しばらく真剣《しんけん》な顔のままじっとあたしを見ていたけど、

「悪いけど、しばらくだまってわたしの話、聞いてもらえるかな。」

そうことわりを入れてから、突然《とつぜん》、語りはじめた。

「わたし、幼稚園《ようちえん》のころから、ずっと水泳をやってたんだ。けどね……。」

渡辺《わたなべ》さんは、二年生から競泳コースに移り、放課後は毎日プール通いをして、本格的に競泳に取り組んでいたらしい。

ただ、毎試合、予選を突破《とっぱ》するけれど、そのあとはタイムが振《ふ》るわずに敗退《はいたい》することが多くて、自分の限界を感じていたそうだ。それで、小学六年生の夏の大会を最後に、競泳をやめることにしたらしい。

（……いったい、なんの話？）

戸惑《とまど》うあたしにかまわず、渡辺《わたなべ》さんは話を続ける。

スクールをやめたあとは、遅《おく》れを取りもどすために、私立《しりつ》の受験に向けていっしょうけんめい勉強をがんばっていたらしい。けど、風邪《かぜ》にかかって体調をくずしたとき、病院で背骨《せぼね》のねじれを指摘《してき》されたんだそうだ。

渡辺《わたなべ》さんは、そばにあったホワイトボードに『脊柱側彎症《せきちゅうそくわんしょう》』と書きつけた。

難《むずか》しい漢字ばかり。なんて読むんだろうと思っていたら。

「『せきちゅうそくわんしょう』、知ってる？」

読み方がわかっても、どんな病気なのかわからない。あたしは、ふるふると首を横に振《ふ》った。

渡辺《わたなべ》さんの説明によると、主に十代の女の子が発症《はっしょう》するらしくて、体の発育が止まるまで、背骨《せぼね》が曲がっていく進行性の病気だそうだ。

「水泳をやめたのとほぼ同じタイミングで、わたしの背骨《せぼね》、急激《きゅうげき》に曲がり始めたみたいで……。冬だったこともあって、気がつくのが遅《おく》れちゃったんだ。今は病院にかかってるんだけど、とりあえず、これ以上進行しないようにこんな装具《そうぐ》、つけてんの。」

渡辺《わたなべ》さんはそう言って、カーテンの向こうから何かを取りだした。

手に持っていたのは、白くて硬《かた》そうな装具《そうぐ》。体を押《お》しこめて、しっかり固定するために、太い面ファスナーで上下二か所を留《と》めるようになっている。まるで、つやつやしたギプスみたいだ。

背骨《せぼね》のねじれが進まないように、毎晩、この装具《そうぐ》をつけて寝《ね》ているんだという。

「え、苦しそう……。」

まるで、小さなトンネルに胴体《どうたい》を押《お》しこむみたい。息をするのも苦しそうだ。

「寝《ね》るときだけじゃないよ。ふだんからつけて固定してる。」

その言葉に、はっとした。

(そっか。だから渡辺《わたなべ》さんは、いつもダボダボのジャージを着てたんだ。)

この先、どの程度、側彎《そくわん》が進むのかはわからない。痛《いた》みが出てくるかもしれないし、将《しょう》来妊娠《らいにんしん》・出産するときに何か困《こま》ったことが起こるかもわからない。年をとってから、他の病気につながることも否定《ひてい》はできないんだそうだ。

とにかく個人差が大きくて、先がどうなるのか予測できないらしい。

渡辺《わたなべ》さんの場合は進行が速いから、手術するなら、早めに受けたほうがいいらしく、その場合、三週間ほど入院しなくちゃいけないと言われたそうだ。

「さっき、指で線を引いたとこ、あるでしょ。手術では、全身麻酔《ぜんしんますい》で首の付け根から腰《こし》のあたりまで背中《せなか》を魚の開きみたいに切って、背骨《せぼね》を固定する金具をつけるんだって。」

「ええっ、そんなに切るの……？」

あたしは渡辺《わたなべ》さんの話を聞きながら、自分の背中《せなか》をまっすぐに切られる姿《すがた》を想像した。

考えただけで背筋《せすじ》が凍《こお》る。

「先生からは、手術は大がかりになるから、時期も含めて、わたしの意志を尊重《そんちょう》するって言われた。退院してもしばらくは安静にしてないといけないから、手術を受けるなら受験はあきらめることになる。親もわたしもめちゃくちゃ迷ったけど……、わたしは単純《たんじゅん》に手術がこわかった。それに、どうしても地元の公立の中学には行きたくなかったの。だから、中学受験を優先《ゆうせん》したんだ。」

地元の公立中学には、スイミングスクール時代にライバル関係にあった子も進学する。

ずいぶん意地の悪い子だったみたいで、同じ中学には絶対に行きたくなかった。

だけど――。

「結局受験は失敗しちゃったんだ。で、しょうがないからおばあちゃんちの住所を借りて、この中学に来たってわけ。」

(そうだったんだ……。)

新しい環境《かんきょう》になったものの、渡辺《わたなべ》さんは、受験に失敗したことも、側彎症《そくわんしょう》のことも知られたくなくて、かくしていたのだそうだ。

変に気を使われるのもいやだし、背中《せなか》の歪《ゆが》みを気持ち悪がられるのもいやだったから。

それでみんなと距離《きょり》ができてしまったらしい。

「なるべく存在《そんざい》を消すようにしてたから、気づかれてないはずって思ってたけど、それでもたまに誰《だれ》かがわたしのうしろに立ったら、こわくてたまらなかった。『キモ。』って思われたらどうしようって。」

(そうだったんだ。)

あたしは、改めて渡辺《わたなべ》さんの姿《すがた》を見た。

たしかにずっとダボッとしたジャージばかり着てたから、今まで背骨《せぼね》が曲がっているなんて考えもしなかった。

けど、渡辺さんの水着姿《みずぎすがた》を見ると腕《うで》も腰《こし》も細くて、背骨《せぼね》の歪《ゆが》みはかなり目立つ。

学校生活では、意外と薄着《うすぎ》になる機会《きかい》が多い。だからこそ、よけいに不安だったはず。

この三か月、渡辺《わたなべ》さんがどんな思いで学校に来てたのかと思うと胸《むね》がつぶれそうになる。


開け放たれた窓《まど》から、さあっと風がふきこんできた。

真っ白なカーテンが風をはらんで、ふわりと持ち上がる。

「あのさ。」

あたしは思い切って聞いてみた。

「ずっとかくしてたのに、どうして今、このタイミングで、あたしにその話したの？　渡《わた》辺《なべ》さん、前にあたしに強めに言ったよね？　『自虐《じぎゃく》ネタってどう反応していいかわからなくて困《こま》るし、自分の見た目で笑いをとるって、なんか痛々《いたいた》しいかも。』って。だからあたしのこと、よく思ってないんだろうなって思ってたんだけど。」

あたしの問いかけに、渡辺《わたなべ》さんはしばらくだまったあと、続けた。

「なんていうか、芹澤《せりざわ》さんならこの気持ち、わかってくれそうって思ったから。」

その言葉に、ムッとする。

「それ、あたしの体がゴツいから？」

「そういうわけじゃなくて……、この間の雰囲気《ふんいき》で、見た目をものすごく気にしてそうだなって思ったから。」

（まあ、それは否定《ひてい》しないけど。）

一度しか話したことがないのに、バレてるなんて我《われ》ながら情けない。

みんなにかくしてたつもりだったけど、渡辺《わたなべ》さん以外のみんなも気づいていたのかな。

もしもそうなら、かっこ悪すぎる。

「この間ね、ある人の言葉に勇気をもらって……。」

「ある人？」

あたしがたずねると、渡辺《わたなべ》さんはだまってうなずいた。

「リアルで知ってる人じゃないし、有名人とかっていうのともちょっとちがうんだけど。わたしが一方的にいいなって思ってる人。」

「へえ～、どんな言葉なの？」

「言葉っていうか、短歌なんだけど。」

そう前置きをして、渡辺《わたなべ》さんが言った。

『赤ちゃんのころは自分の見た目など悩《なや》んでなかった　なのにどうして』。」

「えっ。」

あたしは思わず声をあげた。

「それって、アイでしょ！『アイとユー』の。」

あたしの言葉に、渡辺《わたなべ》さんが目を大きく広げた。

「うそ。芹澤《せりざわ》さんも聴《き》いてるの？」

「聴《き》いてるよ！　っていうか、この間の見た目問題、あたしのメール読みあげられたし。」

すると、間髪《かんはつ》入れずに渡辺《わたなべ》さんが小さく悲鳴をあげた。

「もしかして『極太油性《ごくぶとゆせい》マーカー』さん？」

「そうだよ！　それ！」

あたしたちは、キャーッと歓声をあげて思わず手を取り合った。

「すっごいぐうぜん！」

「ってか、いつから聴《き》いてんの？」

「たぶん四回目？　くらいかな。お悩《なや》み相談《そうだん》コーナーができたころくらい？」

「えっ、はやっ。あたし、もっとあとだよ。どうやって見つけたの？」

「スマホいじってて、ぐうぜんなんだけど。」

まさかリアルのアイユー委員がこんな身近にいるとは思わなかった。

それは渡辺《わたなべ》さんも同じみたいで、「ね、ね、じゃあ、知ってる？」とにぎった手に力を込《こ》めた。

「アイって、実はいじめが原因でひきこもってて、毎日家から配信してるらしいよ。」

「うそ、それ、どこ情報？　あたし、検索したけどそんなの出てこなかったよ？」

「ネットで見つけた。他にも新人声優《せいゆう》が話題作りのために始めたとかも書いてあったし、ガセかもしんない。」

「絶対そうでしょー。」

ふたりで、うそかホントかわからない謎《なぞ》情報で、ひとしきり盛《も》りあがった。

「どれもうそくさいよねえ。」と小さく笑いあったあと、渡辺《わたなべ》さんが言った。

「アイの短歌聞いたときにさ、ホントそうだよなって納得《なっとく》して。」

「え、納得《なっとく》したの？」

おどろいて聞き返した。あたしは腹《はら》が立ったのに。

「相手がどう思うかなんて、結局、わたしにコントロールできるわけないよなあって気がついたんだ。わたしの背中《せなか》は、この先、他の子たちみたいにまっすぐで傷跡《きずあと》のない背中《せなか》になることなんてない。いくら悩《なや》んでもかくしても、その事実は変わらない。だったら、もうどうしようもないよなあって。」

「なる、ほど。」

あたしは、今渡辺《わたなべ》さんに言われたことを頭の中で繰《く》り返《かえ》した。

ようするに、受け入れるしかない、ってことだよね。

同じ短歌を聞いたのに、渡辺《わたなべ》さんはそんなふうに考えたんだ。

「そうは言っても、やっぱり気にすることってやめられないとは思うんだ。でもさ、わたしはこの先、この体で生きていかなくちゃいけないじゃん？　それなら、せめてわたしだけは、自分の見た目をきらわないでいたいなって思ったんだ。わたしの背中《せなか》を見て誰《だれ》かが何か思ったって、勝手にどうぞって感じ？　そう思ったら、急に肩《かた》の力が抜《ぬ》けちゃって。

……とか言って、また明日には、くよくよ悩《なや》んじゃうかもなんだけど。」

渡辺《わたなべ》さんはそう言うと、きゃしゃな肩《かた》を包むように、バスタオルをふわりと羽織った。

「あとさ。」

そこまで言ってから、「……やっぱいいや。」と渡辺《わたなべ》さんは口をつぐんだ。

「え！　なに？　もうここまで言ったんだから、全部言ってよ！　気になるじゃん。」

あたしが口をとがらせると、渡辺《わたなべ》さんは小さくうなずいてから言った。

「こんなこと言ったら怒《おこ》るかもしれないけど、わたしはうらやましいけどな、芹澤《せりざわ》さんの体格。骨《ほね》がしっかりしてて、芯《しん》が通ってる感じがするから。」

その言葉に、あたしはふっと息をはいた。

体格がうらやましいだなんて言われたのは、初めてだ。

でも、不思議といやな気持ちはしなかった。いつもなら、（なぐさめるために言ってんの？）なんてネガティブなこと、考えちゃうのに。

「……ありがと。」

素直《すなお》にお礼を伝えたら、渡辺《わたなべ》さんは、にこっと笑った。

渡辺《わたなべ》さんが笑ってるところ、初めて見た。思ったとおり、やっぱり、かわいい。

「ごめん、長々と語っちゃって。……というわけで、アイの言葉に背中《せなか》を押《お》されて、夏休みに手術を受けることにしたの。手術後は、一年くらい運動ができないって言われたから、わたし、今日から水泳の授業に出るつもり！」

渡辺《わたなべ》さんが選手宣誓《せんせい》をするように、ぴっと右手を上げた。

「え、そうなの？　すごい……。」

あたしは放心して、先生のイスに座《すわ》りこんだ。ギイッときしむ音がする。

「渡辺《わたなべ》さん、強いんだね。」

「強くなんてないよ。いつか本当の姿《すがた》を見せなきゃいけないんだったら、せめて得意な水泳で、かっこよく泳いでるとこ見せてさ、『あの人、すげえ。』って思わせる作戦。」

胸《むね》を張る渡辺《わたなべ》さんを、あたしは仰《あお》ぎ見《み》た。

いつかあたしもそう思えるだろうか。渡辺《わたなべ》さんみたいに潔《いさぎよ》く。

頭上でチャイムが鳴った。渡辺《わたなべ》さんが、はっと天井《てんじょう》を見上げる。

「あ、授業に遅《おく》れちゃう。じゃあ、わたし行くね。」

渡辺《わたなべ》さんは、バスタオルを正義のヒーローのマントみたいにして保健室を出ていった。

「待って。」

あたしもそのあとに続く。

先を歩いていた渡辺《わたなべ》さんが、振《ふ》り返《かえ》る。

「芹澤《せりざわ》さんは、見学？」

「うん。今日のところは。水着、持ってきてないし。」

あたしの言葉に、渡辺《わたなべ》さんが「そっか。」と短く返事をした。

窓《まど》から射《さ》す光が、まぶしい。もう夏の日差しだ。

次の水泳はいつだろう。あたしも、思い切って水着になってみようかな……。

渡辺《わたなべ》さんの横顔を見つめる。

水着姿《みずぎすがた》を見てなにか言われたって、落ちこまなくていいんだ。むしろ、怒《おこ》ってやればいい。この体はあたしのものだ。あんたが評価するなって。

なあんて言って、本当にできるかどうか、今はまだわからないけど。

「ところでさあ。ずっと気になってたんだけど。」

渡辺《わたなべ》さんが、神妙《しんみょう》な顔で言う。

「アイユーネームの『極太油性《ごくぶとゆせい》マーカー』って、どういう意味？」

唐突《とうとつ》な質問に、

「それ、今聞く？」

あたしは、ぶふっとふきだした。

第3話

わかっちゃいるけど言えなくて

トークテーマ

部活

試合の後、ロッカールームで着替《きが》えようとしたら、ふわりと甘《あま》い香りがした。

俺《おれ》のとなりでユニフォームを脱《ぬ》ごうとしていた市谷拳斗《いちたにけんと》が、くんくんと鼻を鳴らす。

「このにおい、悠太《ゆうた》？」

「俺《おれ》じゃないよ。」

そう答えたら、拳斗《けんと》が顔をしかめて大きな声で言った。

「誰《だれ》だよ、くっせえなあ。」

脱《ぬ》いだユニフォームを巻《ま》き付《つ》けた手で、大きく空気をかきまぜる。

見ると、俺《おれ》の反対側のとなりにいた山中温真《やまなかはるま》が、こそこそデオドラントスプレーをかばんに戻《もど》そうとしているところだった。

「犯人は温真《はるま》かよ。なんだ、そのスプレー。女くせえ。」

目ざとく見つけた拳斗《けんと》が、みんなに聞こえるようにデカい声を出す。

「え、ホント？　ごめん、ごめん。」

謝《あやま》る温真《はるま》の手から、拳斗《けんと》がすかさずスプレー缶《かん》をうばい取る。

『汗《あせ》とニオイをおさえてサラサラのお肌《はだ》に』？　しかも『ジャスミンフローラル』の香

り、だって。なにこれ、女もんじゃねえの？」

拳斗《けんと》は、女子っぽいワードのところでわざと裏声《うらごえ》を出した。

デオドラントスプレーや汗《あせ》ふきシートはみんな使ってるけど、たしかに拳斗《けんと》の言うとおり、俺《おれ》らが使ってるのとは微妙《びみょう》に香りがちがう。

しかも、温真《はるま》が持っていたスプレー缶《かん》は、パッケージからしてピンクの花柄《はながら》でいかにも女子用って感じだ。

「おかあさんが、買ってきてくれたから。」

温真《はるま》が、バカ正直に答えた。

(あ〜、よけいなこと言わなくていいのに。またいじられんぞ。)

そう思っていたら、案の定、拳斗《けんと》がおおげさに目をむく。

「なに？　おまえ、かあちゃんのスプレー使ってんの？　ウケる。」

とたんにまわりにいたやつらが、どっと笑う。

「ママの香り、ってか？」

「ないわ〜。」

拳斗《けんと》と仲がいい恭祐《きょうすけ》やカズが一緒《いっしょ》になってからかう。

「ちがうって、買ってきてもらっただけだし。」

温真《はるま》が小さい声で言い返したけど、誰《だれ》も聞いちゃいない。

（また始まった。）

温真《はるま》は、サッカー部の中でもおとなしいやつだ。体も小さいし、色が白くて肌《はだ》がやたらきれいだからか、なんとなく男子っぽくない。そのせいで、拳斗《けんと》たちAチームのやつらにいつもいじられている。

拳斗《けんと》とは小学校のころから同じチームでやってきた。足が速くて、フィジカルも強い。一年のうちからスタメン入りしていたこともあって、二年全体を仕切っている。

二年の部員は、全部で十四人。

毎回スタメン入りするやつらは、Aチーム、その次にB、Cと続く。

小学校からサッカーをしていたやつが多い中、温真《はるま》は中学から始めた初心者だ。もともと運動神経もあんまりよくなさそうで、練習前のランニングも、アジリティもいつもみんなよりワンテンポ遅《おく》れている。当然、Cチームの最底辺。

それもあって、いつも準備やコート整備なんかの雑用も、温真《はるま》が押《お》しつけられがちだ。それでも練習を休まずちゃんと参加していて、えらいなあと俺《おれ》はひそかに思っている。

「だいたいさ、おまえ、試合出てねえのに、汗《あせ》なんてかかねえだろ？　ってか、ふだんから、体、くせえの？」

拳斗《けんと》がしつこく温真《はるま》にからんでいる。それに対して、みんなもげらげら笑う。

（やだなあ、この雰囲気《ふんいき》。）

こういうとき、「やめろよ。」って言えればいいんだけど、情けないことに俺《おれ》はなにも言えない。俺《おれ》も温真《はるま》と同じようにあまり強く言えないタイプだけど、一応Aチームだし、背《せ》も結構高いからか、今のところ、いじられてはいない。

男ばかりの集団では、とにかく浮《う》かないようにしないと、枠《わく》からちょっとでもはみ出ると、とたんにいじられてしまう。

温真《はるま》のことだって、下手にかばうと「ノリが悪い。」って言われそうだし。

拳斗《けんと》たちは部活の中でえらそうにしているけれど、マジでうまいやつはそもそも学校の部活になんて入っていない。

ガチでやっているやつらはみんな、学外のクラブチームに入ってる。そいつらはサッカーがうまくても、えらそうになんてしない。さわやかで、顔もイケて、成績だっていい。スポーツマンとはよく言ったもんだよなあって思う。

拳斗《けんと》もそいつらといるときだけは、おとなしくしている。いつもそんな感じだったらいいのにって思うけど、もちろんそんなこと言えっこない。


拳斗《けんと》は温真《はるま》をからかうのにあきたみたいで、恭祐《きょうすけ》たちと新しいクラスの話をしだした。

ホッとして、着替《きが》えながらその話題を聞いていた。

「俺《おれ》のクラス、陰《いん》キャばっかでさあ。マジなえるわ。」

「四組な。サッカー部、陵介《りょうすけ》しかいねえもんな。」

「けどいいじゃん、柚季歩《ゆきほ》っちいるし。」

「いるけどさあ、大枝《おおえ》と付き合ってるじゃん。彼氏持《かれしも》ちの女とかどうでもいいわ。」

(あ〜、今度はそっちの話題かあ……。)

柚季歩《ゆきほ》っちというのは、学年で一番かわいいと言われている橋下《はしもと》柚季歩《ゆきほ》さんのことだ。

ちなみに、橋下《はしもと》さんは細いのに胸《むね》が大きいことでも有名だ。

拳斗《けんと》たちは、女子の見た目を話題にすることが多い。

誰《だれ》がかわいいとか、胸《むね》が大きいとか……。

俺《おれ》は、そういう話題も苦手だ。

たしかにかわいいなと思う子もいるし、体育の時間とかに、女子の胸《むね》が揺《ゆ》れてるのを見たら、一瞬凝視《いっしゅんぎょうし》してしまうことだってある。

けど、女子の見た目を話題にするのはよくない気がする。

だからって、そういうことを言うと、「いい子ぶってる。」と言われそうなので、積極的に発言はしなくても、「だよなあ。」くらいは言っとかなきゃいけない。

前にBチームにいた宏太《こうた》が、拳斗《けんと》たちにクラスの女子で誰《だれ》がかわいいと思うか聞かれて、テニス部の波瀬《はせ》さんって言ったことがある。

そしたら、拳斗《けんと》たちはわざわざ集団で波瀬《はせ》さんを見に行ったり、波瀬《はせ》さんが近くに来ると「宏太《こうた》～、波瀬《はせ》さんだぞー。」とわざと大声で言ったり、テニスコートに向かって宏太《こうた》のタオルを投げこんだりして、とにかく最悪だった。

結局、宏太《こうた》は、部活を休みがちになって、そのままサッカー部をやめてしまった。

あれはよくなかったよなあって今でも思う。

「三組の女子はどうよ。誰《だれ》か、かわいいやついたっけ？」

拳斗《けんと》の言葉にドキッとする。

三組って、俺《おれ》のクラスだ。やばい、話振《ふ》られたらどうしよう。

俺《おれ》は答えなくてもすむように、聞いてないよ、というふりで頭にタオルをのせて、ごしごしこすった。

そしたら俺《おれ》と同じクラスのカズが「顔だけなら、白石《しらいし》かなあ。」と答えた。

（え、白石《しらいし》って……、くるみ？）

思わずタオルから顔を出す。

白石《しらいし》くるみは、俺《おれ》と同じ町内に住んでいる。こども会が一緒《いっしょ》だから、親同士もわりと仲がいい。そのせいか、くるみはよく俺《おれ》にしゃべりかけてくる。

クラス委員に立候補《りっこうほ》するくらい活発なんだけど、すっごい真面目な性格で、いつも顔を合わせると、「制服のボタンちゃんと上まで留めなよ。」とか、「掃除《そうじ》、ちゃんとしなさいよ。まだほこり落ちてるでしょ。」とか、きゃんきゃん説教をしてくる。

そんなくるみだけど、昔からうちの母ちゃんは「くるみちゃんは将来《しょうらい》アイドルになれそうよね。」なんて言っていた。

たしかに、小さいころのくるみは目がまんまるでかわいらしかった。

そのしょうこに、うちの町内にある写真館の入口には、いまだにくるみの七五三の時の写真が飾《かざ》られている。

（へ～。くるみ、カズにそんなふうに思われてたんだ。）

自分の妹がほめられてるようで、くすぐったい。

……いや、別に俺《おれ》の妹ではないんだけど。

ひとりでこっそりニタニタしていたら、

「白石《しらいし》って、あの？」

「あいつはないわ～。」

拳斗《けんと》と恭祐《きょうすけ》が顔をしかめる。

（えっ、そうなの？　なんで？）

思わず着替《きが》える手を止める。

「だから言ったじゃん、顔だけならって。」

カズがあわてて言《い》い訳《わけ》をする。

「あいつ、先生の子分みたいだろ？　優等生《ゆうとうせい》ぶっちゃってさ、生意気なんだよなあ。」

「そうそう。」

「だまってりゃあ、マシだけど。」

拳斗《けんと》たちは、俺《おれ》がくるみと同じ町内だということを知らないんだと思う。

だから俺《おれ》が近くにいるのに平気でくるみの悪口を言うんだろう。

俺《おれ》はいたたまれない気持ちになって、今度こそ拳斗《けんと》たちの声が聞こえないようにわざと音を立てて着替《きが》えを続けた。

「悠太《ゆうた》。行こうぜ。」

さっきのくるみの悪口にまだもやっとしながらも、拳斗《けんと》に声をかけられて、「おう。」と後に続く。

「おい温真《はるま》、一年に後片付《あとかたづ》けさせとけよ。」

ロッカールームを出る前に、恭祐《きょうすけ》が温真《はるま》に言いつける。

拳斗《けんと》もだけど、俺《おれ》は恭祐《きょうすけ》も苦手だ。

Bチームのくせに、拳斗《けんと》に取り入ってAチームにもぐりこんでるようなやつだし。温真《はるま》へのあたりも、拳斗《けんと》よりキツイときがある。

(同じ学年なのに、なんだよ、その言い方……！)

温真《はるま》、どう思ったかなあと気になって振《ふ》り返《かえ》ったら、温真《はるま》とバチッと目が合った。

「おつかれ。」

俺《おれ》が声をかけると温真《はるま》は、「おつかれ。」とうれしそうに笑った。その笑顔《えがお》にちょっとだけホッとする。

あーあ、こういうところ、俺《おれ》もダセエ。

よくないなと思うことに、バシッと言えたらいいんだけど。

夜、風呂《ふろ》あがりにベッドに寝《ね》っ転《ころ》がってゲームをしてたら、ラインがきたくるみだ。

今日の拳斗《けんと》たちの悪口を思い出して一瞬《いっしゅん》、胸《むね》の奥《おく》がざらっとしたけど、首を振《ふ》って画面を見る。

『今日試合どうだった？』

（あれ、なんで知ってんだろ。）

そう思ったけど、きっと母ちゃんがくるみのおかあさんに言ったんだろうと思い直した。そういえば、この前、くるみのおかあさんとランチに行くとかなんとか言ってたような気がする。

どうせ俺《おれ》のことも『部屋がきたない。』とか『せんたくものを片付《かたづ》けない。』とか言ってたんだろうな。

母ちゃんたちって、顔を合わせるとこどものグチを言いまくってそうだけど、俺《おれ》らのプライバシーをなんだと思ってんだ、まったく。

『二－一で四中《よんちゅう》の勝利。』

俺《おれ》の返信に即《そく》レスがくる。

『やるじゃん。』

『俺《おれ》一点も入れてないけど（笑）。』

すかさず、パンダが『気にすんな！』と書いた看板《かんばん》を持っているスタンプがポンと浮《う》かび、思わず笑う。

くるみはふだん生真面目《きまじめ》なんだけど、送ってくるスタンプのセンスが絶妙《ぜつみょう》にいいんだよなあ。

そう思っていたら。

『ところでさ、今電話していい？』

（え、なんだろ？）

ドキッとして、起き上がった。

くるみとはよくラインするけど、電話をかけてくるなんてめずらしい。

（……もしかして、ラインでは言えないようなこと？）

前にカズがクラスの女子に告白されたことを、部活で自慢《じまん》してた。

ほとんどしゃべったことがない女子から、急に電話がかかってきて、告白されたんだって。二週間だけ付き合ったけど、結局なんもしゃべることないからってすぐ別れたみたいだけど。

俺《おれ》にはそんな電話、かかってきたことはない。

告白だってされたことなんてない。

けど、もしもくるみからの電話が告白のためだったら？

いや、別にくるみのことは、女子とは思ってないけど？

でも、カズが言ってたように、だまっていれば、くるみはまあまあかわいいし。

頭の中であれこれ考えながら、念のため、部屋のドアを閉《し》めておく。

いくら相手がくるみとはいえ、女子と電話してるって母ちゃんにかんづかれたら、絶対冷やかされるに決まってる。

ちゃんと座《すわ》り直《なお》してから、今度は俺《おれ》が、『ＯＫです！』と書いた虎《とら》のスタンプを送った。

すぐにくるみから電話が入る。

「なに？」

緊張《きんちょう》してるなんて思われないように、素っ気ない声で出た。

「あのさ、わたし今日、萌奈《もな》たちと遊びに行ってたんだけどさ。萌奈《もな》ってわかる？　わたし同じ吹部《すいぶ》の、いつもポニテにしてる子。ほら、去年の合唱コンクールで優勝《ゆうしょう》したクラスのピアノ伴奏《ばんそう》してた。」

くるみの前置きはいつも長い。

本題だけ言えばいいのに、いつも登場人物全員の経歴をことこまかに説明されるので、本題に入る前につかれてしまう。

ふたたびベッドに寝転《ねころ》んで、足のつめのささくれを取りながらフンフンと適当にあいづちを打ち、聞き流す。

萌奈《もな》って子のあれこれをひととおり話した後、ようやく、帰りのバスで温真《はるま》を見かけたと続けた。

どうやら、それが本題らしい。

「山中《やまなか》くん、ひとりでたくさん荷物持ってたけど、なんで？」

「えっ、あいつ全部自分で持ってたの？　一年にやらせろって恭祐《きょうすけ》が言ったのに。」

温真《はるま》は一年生にもなめられている。たぶん片付《かたづ》けろって言いだしにくくて、全部自分で持って帰ったんだろう。

もしも俺《おれ》が同じ立場でも、きっとそうなるだろうなあって暗い気持ちになる。

すると、スマホの向こうでうなり声が聞こえた。

「なにそれ。信じらんない。そもそも、なんで一年生にだけ荷物持ちをさせるわけ？　部活の道具は学年関係なくみんなが使うものでしょ。そういう年功序列って、よくないと思うけど。」

（やばっ。）

くるみは、よく言えば正義感が強く、悪く言えばおせっかいな女子だ。

不公平が大きらいで、相手が男子であろうと、女子であろうとおかまいなし。

小学校のころから誰《だれ》かがズルをしていたり、規則を守らないと、ものすごい勢いで説教を始める。

だからみんなに煙《けむ》たがられるのに、本人はまったく気がついていないみたいだ。

「いや、そうなんだけど、昔から一年がやるって決まってて……。」

言《い》い訳《わけ》しようとしたけど、くるみは上からかぶせてくる。

「ちょっと待って。今、『そうなんだけど。』って言ったよね？　ってことは、悠太《ゆうた》もよくないって思ってるってことでしょ？　だったら、みんなに意見すればいいじゃん。昔から決まってることでも、おかしいと思うことは変えていかないとダメだと思う。」

（あー、もう！）

わかってる、わかってるんだって。

くるみは正しいよ。

けど、おかしいと思ってても、言えないことってあるじゃん。

そう言いたいけど、言い返すと十倍くらいになって返ってきそうでだまりこむ。

すると、くるみはますます俺《おれ》をつめてきた。

「あのさ、前から思ってたんだけど、山中《やまなか》くんって部活内でいじめられてない？」

「え、いじめ？　温真《はるま》が？」

「だって、いっつも市谷《いちたに》とか細川《ほそかわ》にいいように使われてるでしょ。」

（すっげ。吹部《すいぶ》なのに、なんでサッカー部のことそんなにわかるんだろ。）

そういえば、くるみと温真《はるま》は去年同じクラスだったっけ。それで温真《はるま》がいいように使われているのを見かけて、サッカー部のやつらのやりとりを観察していたんだろう。正義感が強いとはいえ、おせっかいにもほどがある。

「いやいや。たしかに拳斗《けんと》と恭祐《きょうすけ》は温真《はるま》のことをいじってるけど、別にあれはいじめなんかじゃないんだって。」

「じゃあ、なんなのよ。」

俺《おれ》だって、拳斗《けんと》たちは調子に乗ってんなあって思うけど、いじめは言いすぎだ。サッカー部に限らず、男子の部活では大なり小なりどこでもそういういじりってあるんだし。けど、それをくるみに説明できる自信がない。

「だから、なんて言うの？　部活のノリって言うかさ、温真《はるま》はいじられキャラって言うか、そういうポジションなんだって。」

「どういうポジションよ！」

画面から飛びだしてくるんじゃないかってくらいの勢いで、くるみが金切り声をあげた。思わずスマホを耳から離《はな》す。

「あいつもホントにいやならいやって言うだろうけど、別にいやがってなんかないし。」

とっさに言《い》い訳《わけ》したら、

「山中《やまなか》くんがいやがってないなんて、悠太《ゆうた》にそう言ったわけ？」

冷めた声で質問された。

「いや、そういうわけじゃないんだけど……。」

「で、悠太《ゆうた》はそれでいいと思ってんの？」

ずばり聞かれて、言葉につまる。

「え？　いいもなにも……。」

ごにょごにょ言葉をにごしたら、

「ほら、悠太《ゆうた》だってよくないって思ってんじゃん。」

くるみが勝ちほこったように言う。

「あのね、よくないと思ってるのに見て見ぬふりするのって、いじめの加害者と同罪なんだからね。」

「だから、いじめなんかじゃないって！」

「とにかく、山中《やまなか》くんのこと、ちゃんとあいつらに『やめろ。』って言いなさいよ。じゃ、話ってそれだけだから。」

くるみは言うだけ言うと、さっさと電話を切ってしまった。

「なんだよ、もう！」

いきなり電話してくるから、なんのことかと思ったら、言いたい放題言いやがって。

もしかして……？　なんて思ってしまった自分が情けない。

暗くなった画面をにらんで、「あー、もう！」とまくらにスマホを投げつけた。

ぼふっとはね返ってフローリングの床《ゆか》に落ちそうになる。

「やば！」

中学入学と同時に新しく買ってもらったスマホ。卒業するまで大事に使えって母ちゃんに言われたのに、買って二週間で画面のすみをわってしまった。

これ以上われたら、ヤバすぎる！

あわててベッドから床《ゆか》に向かってダイブする。

ぎりぎりキャッチできたけど、おでこを思いっきり床《ゆか》にぶつけた。

「……いってえ！」

頭を押《お》さえてもんどりうっていたら、すぐさまスリッパの音が近づいてきて、母ちゃんが勢いよくドアを開けた。

「ちょっと悠太《ゆうた》、なにやってんの！　下のおうちにひびくでしょ！　ホント中学生になってもバカなんだから。」

母ちゃんは暴言をはきまくったあと、バタンとドアを閉《し》めてまたぱたぱたとスリッパの音を立ててリビングへ戻《もど》っていった。

なんだよ。大事な一人息子《むすこ》がベッドから落ちたっていうのに、下の家の心配して！　っていうか、今、バカって言った？　ひどくない？

「あー、いてえ。」

起き上がってスマホを見る。画面は無事だった。

ホッとしたのもつかの間、またくるみからラインが届《とど》いた。

「なんだよ、しつけえなあ。」

『これ聴《き》いて。』

見ると、リンクが貼《は》ってある。

「なんだあ、これ。」

画面をタップすると、たまに俺《おれ》が聴《き》いている音声データアプリのロゴと、『アイとユー』と書かれたゆるいイラストが表示された。

開いてみると、『ポッドキャスト番組「アイとユー」中学生のアイが送るトークプログラム』と書いてある。

「ポッドキャスト⁇　ってなに⁇」

ぽちっと押《お》してみたら再生が始まった。

『こんばんは！　夕方六時十五分から配信中。リスナーのみなさんと語り合う「アイとユー」。パーソナリティーの「アイ」です。』

（へっ？　これ、ラジオ⁇）

声の主はちょっと鼻にかかったようなかわいらしい声の女の子。軽快におしゃべりをしている。息つぎするヒマなくぽんぽんと話が進むのが、ちょっとくるみっぽい。

「ふうん、くるみってこういうの聴《き》いてるのか。」

ベッドによじ登ってアイのトークに耳をかたむける。

（へぇー、中学生でもこんなことできるんだ。）

たしかに同年代のユーチューバーやティックトッカーもいるし、そんなにめずらしいことでもないのかもしれない。

けど、こんなこと自分でやろうと思える子って、すげえな。

俺《おれ》にはこれがやりたい、みたいなもの、ぜんぜんない。

サッカーも勝てたらうれしいし、うまくなったらいいなと思うけど、プロになんてなれるわけないってわかってるし、勉強もそこそこ点数取れたらそれでいいし。

とにかくフツーでいられたら、それでいいやって感じ?

よく母ちゃんに、「まだ中学生なのに欲《よく》がなさすぎる。」って怒《おこ》られるんだけど。

だって高望みして、かなわなかったら、いやじゃん。

だったら最初から望まないほうがいい。みんな、そうじゃないの?

にしても、このアイって子、どんな子なんだろ?

声の感じからして、きっと実物もかわいいんだろうな。くるみに似てたりして。

(探してみよっと。)

『アイとユー』、『パーソナリティー』、『アイ』で、画像検索《がぞうけんさく》してみたけれど、それらしいのは出てこなかった。

（まあ、中学生だったら顔出しはしないか……。）

番組はアーカイブになっているみたいで、すでに三十回以上更新《こうしん》されているようだ。

（けど、くるみが送ってきたのって、中途半端《ちゅうとはんぱ》な回のリンクだよな。なんで初回の分から送ってこなかったんだろ。）

不思議に思いながら聴《き》いていたら、おしゃべりが一段落《いちだんらく》し、短い音楽が流れる。

『さあ、今日のトークテーマは……、じゃ〜ん！ 「部活」について！ たくさんメールが届《とど》きました。みんな、部活で結構悩《なや》んでるんだね。』

（え、部活？）

俺《おれ》はドキッとして、スマホの音量を上げた。

『アイちゃん、こんばんは！ アイユーネーム「からかさおばけ」といいます。ぼくの悩《なや》みを聞いてください。

ぼくは、サッカー部に入っています。サッカーが好きだからです。けど、はっきり言ってめっちゃ下手です。試合に出たことも一度もありません。悩《なや》みというのは、部活内でのみんなからのいじりについて。ぼくが下手だから悪いのですけど、いつもみんなにバカにされています。』

耳が、カッと熱くなった。

(え、これ、温真《はるま》……?)

どきどきしながら続きを聴《き》いた。

『一応仲間に入れてもらえてはいるけど、ことあるごとにからかわれます。なぜかと言うと、ぼくの顔中にニキビができているからです。ちゃんと顔を洗《あら》ってるし、皮膚科《ひふか》にも通っているけれど、なかなか治りません。なのに部活のみんなは、ニキビができたら、ぼくにうつされたとか言ってきます。ニキビはうつらないと言うと、笑われます。肌《はだ》がきたないぼくが悪いのかもしれないけど、つらいです。あと、すぐに女子で誰《だれ》が好きかと聞かれるのもいやです。別に好きな女子なんていないと言うと、それもバカにされるので、部活に行くのがゆううつです。』

そこまで聞いて、ちょっとだけホッとした。

よかった、温真《はるま》からじゃなかった。だって温真《はるま》はめちゃくちゃ美肌《びはだ》だし。

けど、どこのサッカー部も同じような感じなんだなとあきれてしまった。

『からかさおばけ』さんのメールを読み終えて、アイが、ふうっと息をはく音が聞こえた。

『やだよね、こういうの。ここでは男子女子関係なく話をするのがルールなんだけど、あえて言うね。こういうのは、男子だけの部活に多い傾向《けいこう》にあるよね。……みんな、「ホモソーシャル」って言葉、聞いたことあるかな？』

（え、なにそれ。知らない。）

そう思っていたら、すぐにアイが続けた。

『日本語で言うと、「同性同士の性や恋愛関係《れんあいかんけい》をもたない結びつき、とか絆《きずな》」のこと。たとえばね、さっきの「からかさおばけ」さんのメールにあったような、集団でのいじり、とかもそうなんだけど、男子同士が「男らしさ」で絆《きずな》を深めるようなことを指すんだ。で、そういう集まりの中だと、「自分たちとちがうもの」に対して、攻撃的《こうげきてき》になっちゃうんだって。たとえば性別がちがう「女子」に対して、とか「男らしくない男子」、「女子に興味をもたない男子」とか。』

アイの言葉に、胸《むね》の鼓動《こどう》が速くなる。

それってまんま、拳斗《けんと》たちのことじゃん……！

『「トキシック・マスキュリニティ」って言葉も知ってるかな。』

（ときしっく……なんだって？）

俺《おれ》はリターンボタンを押《お》して、十秒前にもどし、もう一度聴《き》き直《なお》した。

『日本語では、「有害な男らしさ」って言うんだ。たとえば、「男だから泣いちゃだめだ」「男のくせに運動ができない」って決めつけとか、「女のくせに生意気だ」みたいな性差別。もちろん、セクハラとかもそうだよね。集団の中で、誰《だれ》かをおとしめて笑いをとるとか。さっきの「ホモソーシャル」と同じで、そばで見ててもいい気しないよね。』

俺《おれ》は、スマホをにぎりしめて、思いっきりうなずいた。

そうだよ、ずっともやっとしてたんだよ。

俺《おれ》だけじゃ、なかったんだ……！

『だからね、「からかさおばけ」さん。ぼくが下手だから悪いのですけど、とか、肌《はだ》がきたないぼくが悪いのかもしれないけど、なんて思わなくていいんじゃないかな。「からかさおばけ」さんは、なんにも悪くないよ。』

そこでアイは言葉を切ると、唐突《とうとつ》にエコーがかかった。

『いじるやつ　いじられるやつ　見てるやつ
　なにがダメなの　ちがっていいのに』

ポッドキャストは、そこで切れた。

「え、これで終わり？」

最後のやつはなんだったんだろう？

なんか、標語みたいだったけど。

気になってアーカイブをいくつか聴《き》いてみて、ようやく納得《なっとく》した。あれは、どうやら短歌らしい。

指を折って数えてみる。

五七五七七

あ、そういえば国語で習った気がする。

季語がいらないやつだっけ？

アイは送られてきた悩《なや》みごとのメールに対して、感想を伝えるだけで、どうしたらいいというはっきりとした回答は出さず、代わりに短歌を詠《よ》むらしい。その姿勢《しせい》も、押《お》しつけがましくなくて、好感が持てる。

スマホをかかげて寝転《ねころ》がる。

「『ホモソーシャル』、『トキシック・マスキュリニティ』かあ……。」

そんな言葉、初めて知った。

今まで自分がもやもやしていた気持ちに、そんな名前がついてるだなんて知らなかった。俺《おれ》以外にも、もやっとしてる誰《だれ》かがいることも。

もう一度検索《けんさく》してみると、他にもなるほどなあと思うことがたくさん書いてあった。

たとえば男であるというだけで、優遇《ゆうぐう》されているということ。

はあ～？　そんなこと、ないって。

むしろ女子のほうが、持久走の距離《きょり》を短くしてもらえたり、重たい荷物を持たずにすんだり、『女性専用車両《せんようしゃりょう》』があったりとか、なにかと優遇《ゆうぐう》されてるじゃんって最初は思ったけど。

一番身近なうちの家で考えてみた。

わが家は三人家族。父ちゃんは会社員、母ちゃんは近所の弁当屋さんでパートをしている。

俺《おれ》が生まれるまでは、母ちゃんもどっかの会社で仕事をしていたらしいんだけど、子育てのために退職《たいしょく》したって言っていた。

母ちゃんはわが家の家事全般《ぜんぱん》をひとりで担《にな》っている。

一応、父ちゃんはゴミ出し、俺《おれ》は最後に風呂《ふろ》に入ったときは掃除《そうじ》をする係があるけど、それだけだ。ゴミは母ちゃんが全部まとめてひとつの袋《ふくろ》に入れてくれてるし、俺《おれ》が先に風《ふ》呂《ろ》に入ったときはなんにもしない。

けど、よく考えたら、三人で一緒《いっしょ》に住んでるのに、なんで母ちゃんだけが家事をするのがあたりまえなんだろう？

そう思ったら、たしかに俺《おれ》と父ちゃんは優遇《ゆうぐう》されてるかも。

あと、父ちゃんはよく酒を飲んで帰ってくることがある。

前もって「今日は晩《ばん》ごはんはいらない。」と聞いていたらまだいいんだろうけど、なんの連絡《れんらく》もなく帰ってこないことがあって、母ちゃんはそのたび激怒《げきど》する。

けど、そういうとき、父ちゃんは決まって「男には付き合いってもんがあるんだから、しょうがないだろ。」って言《い》い訳《わけ》をする。

父ちゃんが言う『男の付き合い』は、めちゃくちゃわかる。誘《さそ》われたときにことわれない雰囲気《ふんいき》って、あるから。

同時に、母ちゃんの気持ちもわかる。せっかく作ったのに食べてもらえないのは腹《はら》がたつだろうし、最初から食べないとわかっていたらもっと簡単《かんたん》な飯ですむんだろうし。

ふたりは必死に俺《おれ》を味方につけようとするけど、どっちの気持ちもわかるから、俺《おれ》はいつも知らん顔していた。

でも、『男の付き合い』ってもしかしたらさっきの『ホモソーシャル』ってやつ？だったら怒《おこ》られつつも最後はなんとなく許《ゆる》してもらえるのは、優遇《ゆうぐう》されてるってこと？

それから、こんなこともあった。

二年くらい前、父ちゃん側のひいじいちゃんの法事に行ったとき。法事の後、親戚《しんせき》一同で集まって飯を食った。

父ちゃん、じいちゃんを含め、おじさんたちはずっと座《すわ》ってたけど、ばあちゃんや母ちゃん他、おばさんたちは何度も台所と座敷《ざしき》を往復して、酒や飯を運んでいた。

いとこの中で一番年が近い高校生の葉那《はな》ちゃんが手伝うように言われたから、俺《おれ》もなにか手伝おうとしたら、おばさんに言われた。「男はそんなことせんでええんよ。」って。

(それが、優遇《ゆうぐう》されてるってことなのかなあ。)

よく考えたら、『女性専用《せんよう》車両』というのは電車の中で痴漢被害《ちかんひがい》にあわないように作られたのかもしれないな。新聞やニュースで『性被害《せいひがい》』にあっているのは圧倒的《あっとうてき》に女の人の方が多い。男と女じゃ体格がぜんぜんちがうから、暴力を振《ふ》るわれたら不利なのは明らかだし。

でも。

男は損だなあって思うことだってある。

たとえば部活や体育の着替《きが》え。女子はちゃんと更衣室《こういしつ》があるのに、俺《おれ》らはなぜか廊下《ろうか》や教室で着替《きが》えさせられる。他にも、苦手なパソコンの係を「男子なんだから得意でしょ。」って無理やりやらされたり。

あとは、掃除《そうじ》のときにカメムシがカーテンについているのをつかまえろって言われたのもいやだった。虫はきらいだって言ったら、「男子のくせに。」って言われたし。

いやいや、それは関係ないでしょ⁉

他にもいやだなあって思うのは、読みたいまんが雑誌《ざっし》の表紙が、おっぱいが半分くらい見えてる水着姿《みずぎすがた》のアイドルで、買うに買えなくなること。

水着の写真が見たいんじゃなくて、まんがが読みたいだけなのに、男だからこういうの好きなんでしょって思われてるみたいでなんかやだ。

エロ動画の話とかもしたくない。むっつりだって言われても、俺《おれ》はそういうのを、いちいちあけっぴろげに話すのはなんかちがうと思うから。

女子が大変なのもわかるけど、男子だって大変なんだ。

どっちも大変なら、女子だ男子だっていちいち言わずに、おたがい思いやりを持ってなかよくしましょう、でいいじゃん。

思えば俺《おれ》は昔から誰《だれ》かと争うのがきらいだった。

幼稚園《ようちえん》のころは、戦いごっこがいやだった。戦闘物《せんとうもの》のテレビ番組も、あんまり好きじゃなかったし、ゲームもバトル系《けい》より育成系《いくせいけい》のほうが好き。なんなら、家族ごっこでお父さんの役とかさせてもらってるほうが平和で楽しかった。

けど、そう言うと変わってるって思われそうで、しかたなく男子チームで遊んでたけど。

そこで、ブルッとスマホが鳴った。思ったとおり、くるみからだ。

『聴《き》いた？』

『うん。』

『どう思った？』

（どうって言われても。）

俺《おれ》は画面をにらみつけて、どう答えようかしばらく考える。

『なんにも感じなかったの？』

『まんまサッカー部のことじゃん。』

『自覚ないの？』

『だまってたら、悠太《ゆうた》も加害者だよ？』

返信もしてないのに、くるみから次々メッセージが届《とど》く。

（うるせえなあ。）

今考えてるところなんだから、答えを急《せ》かさないでほしい。だいたい、くるみは俺《おれ》らのことに首をつっこみすぎだ。だからおせっかいって言われるんだよ。

いろいろ言い返したいことはあるけれど、うまく言葉にできる自信がない。

俺《おれ》はくるみに返事をせずに、スマホの着信音をミュートした。

「『有害な男らしさ』かあ。」

くるみが俺《おれ》にこのポッドキャストのリンクを送ってきたのは、この言葉を知らせたかったからだろうなあっていうのはわかる。

けど、もやもやする事柄《ことがら》の名前がわかったからって、じゃあどうすればいいんだよ。

「うがー！」

俺《おれ》はふとんにくるまって、ぎゅっと目をつむった。

翌日《よくじつ》、俺《おれ》は学校でくるみに会っても必死に視線《しせん》をそらしまくった。

休み時間は速攻《そっこう》教室から飛びだし、音楽室への教室移動のときも、ふだん通らないルートを使って、とにかくくるみに近寄らないようにした。

そのかいあって、なんとか放課後まで逃《に》げ切《き》り、あとは部活だーと気を抜《ぬ》いたのがいけなかった。

部室に向かうわたり廊下《ろうか》で、いきなりがしっと、腕《うで》をつかまれた。

（へっ？）と思って振《ふ》り返《かえ》ると、くるみが鬼《おに》のような形相で俺《おれ》をにらんでいる。

「うわあ！」

思わずさけぶ。

「ちょっと！　なんでわたしのこと、さけんのよ。」

「べ、別に、さけてなんか、ないし。」

思いっきり動揺《どうよう》した声で言い返す。

「うそつかないでよ。考えるのがめんどくさいから、逃《に》げてるんでしょ。」

「……ぐっ。」

図星すぎて言い返せない。

「あのねえ、しっかり考えないと、悠太《ゆうた》もあいつらと同じになっちゃうんだよ？」

（あー、もううるさい！）

そんな大きな声でさわいだら、ほかのやつらに聞かれるじゃないか。

「わかったって。ちゃんと考えるから、もうちょっと時間くれよ。」

くるみの腕《うで》からのがれて、ちらちらまわりを見る。あー、最悪だ。こんなところ拳斗《けんと》たちに見られたら、絶対いじられるに決まってる。

「なんでそんなに人の目気にするの？　なにか言われても言い返せばいいじゃん。」

くるみが、ずいっとせまってきた。俺《おれ》は、一歩後ろに下がる。

「あのさ、くるみは自分のことじゃないから、そうやって簡単《かんたん》に言うけど、俺《おれ》らの中でもいろいろあるんだって。」

「ほら、そういうの！」

くるみが、びしっと俺《おれ》を指さす。

「アイも言ってたでしょ。それが『ホモソーシャル』。で、山中《やまなか》くんをいじるのは『トキシック・マスキュリニティ』。よくないって思ってるなら、ちゃんとやめろって言いなさいよ。」

「だから、時期を見て言うから……。」

そこで、くるみがさっと視線《しせん》をそらす。

なんだろうと思ったら、拳斗《けんと》たちが集団でこっちに歩いてくるのが見えた。間の悪いことに、温真《はるま》がひとりで全員分のかばんを持って、よたよた歩いている。

（あ〜、よりによって、このタイミング……！）

たぶん、温真《はるま》は『男気《おとこぎ》じゃんけん』をやらされたんだろう。全員でじゃんけんをして、一番勝ったやつが『男気』を出して全員分のかばんを持つっていうしょうもないゲーム。

……なんだけど、全員がそろってあと出しをして、温真《はるま》が絶対勝つように仕向ける。それで温真《はるま》が文句を言おうとしても、「男だろ！」と押しきられ、カバンを持たされつづけるのだ。

「あれ見て、なんとも思わないわけ？」

「いや、あれはほら、遊びだから。」

へらへら笑ってそう言うと、

「もういい。」

くるみは肩《かた》をいからせて、俺《おれ》の横をすり抜《ぬ》けていった。

やっとあきらめたかとホッとしたのもつかの間、くるみはそのままずんずん拳斗《けんと》たちのほうへ向かって歩いていく。

(え、え、ちょっと待て。もしかして……。)

そう思っている間に、くるみは温真《はるま》の前に立った。

そしておもむろに温真《はるま》の肩《かた》にぶらさがってるかばんをひとつ両手で持ち上げたかと思うと、思いっきり地面にたたきつけた。

「いいかげんにしなよ!」

(あっちゃあ……。)

思わず天を仰《あお》ぐ。

これから部室に向かうおおぜいの生徒たちのど真ん中。おどろく温真《はるま》にかまわず、くるみは全部のかばんを地面にたたきつけると、拳斗《けんと》たちのほうへ向きなおった。

「前からずっと思ってたけど、なんで山中《やまなか》くんにひどいことするの？　そういうの、おもしろいと思ってるわけ？　ぜんっぜんおもしろくないんだけど。」

くるみの剣幕《けんまく》に押《お》されて、最初はぽかんとしていた拳斗《けんと》だったけど、細く整えたまゆが、次第《しだい》にぐぐっと持ち上がる。

「はっ？　おまえに関係ねえだろ。だまってろ、ブース。」

（うわあ、最悪だ……。）

思わず頭を抱《かか》える。おそるおそるくるみを見ると、白いほほに、さっと赤みが差した。

くるみがなにか言い返そうと口を開けかけたとき、かぶせるように恭祐《きょうすけ》が続けた。

「そうだぞ、だまれ、ドブス。」

「そんなだからきらわれんだよ。」

他のやつらも一緒《いっしょ》になってはやしたてる。

さすがのくるみも言い返せないみたいだ。耳まで赤くなっていた顔が、今度はだんだん色を失っていく。はらはらしながら視線《しせん》を落としたら、くるみの足が震《ふる》えているのに気がついた。

ああ、もう見てられない！

「ちょっ、ちょっと！」

止めようとしたら、声が裏返《うらがえ》ってしまった。

みんなが俺《おれ》に注目する。

声をかけたのはいいものの、何を言えばいいかわからない。

俺《おれ》は意味もなく「えっと、えっと……。」とくりかえしてから、くるみを見た。今にも泣きそうな顔で、こっちを見ている。

「あ、あの、もうそのあたりで、いいんじゃない……？」

なんとかそうしぼりだしたら、拳斗《けんと》が「はあ～？」と顔をしかめた。

「なんだよ、悠太《ゆうた》。おまえ、白石《しらいし》となんかあんの？」

「いや、別にそうじゃなくて……。」

しどろもどろで答えると、

「なにおまえ、このブスが好きなの？」

恭祐《きょうすけ》に言われて、カッと頭に血が上る。

なんだよ、ブスブスって。くるみはブスなんかじゃねえわ！

いや、そうじゃなくて……！

なにか言い返そうと顔を上げたら。

「ダッサ！」

とたんに、くるみが俺《おれ》の前に立ちはだかった。

「あんたら、それしか言えないの？　わたしがブスなら、なんなのよ。」

くるみの言葉に、拳斗《けんと》と恭祐《きょうすけ》が「へっ。」と声をあげた。

だけど、くるみは止まらない。

「あんたらってさ、いっつも集団でいるよね？　ひとりでなんにも言えないわけ？　ダサすぎるんだけど！」

「はあ？　なんだと！」

拳斗《けんと》が一歩前に出ようとして、俺《おれ》はとっさにくるみの前に飛びだした。

「や、やめろよ、ふたりとも。」

引き離《ひ はな》そうとしたのに、くるみは俺《おれ》の肩《かた》を押《お》さえてさらに前に出る。

「今、あんた、わたしのこと力でおどそうとしたね？　この卑怯者《ひきょうもの》。こわがらせようとしたって、そうはいかないんだから！」

くるみの金切り声に、なんだなんだと他の部活のやつらも集まってきた。

「あとさ、あんたら、女子で誰《だれ》がかわいいとかそんな話ばっかしてるけどさ、どんだけ自分に自信あんのよ！　自分が選べる立場にいるとでも思ってるわけ？」

その言葉に、まわりにいた女子たちから「なにそれ、サイッテー。」と声があがる。

拳斗《けんと》たちが、「べ、別にそんなこと。」と言いながら、あたりをきょろきょろ見てあとずさる。

「言っとくけどねえ、うちらにだって選ぶ権利《けんり》があんのよ。あんたらみたいなクソ男子、はなっから相手にしてないから！」

「そうだよ！」、「何様なんだよ。」と、女子たちが拍手《はくしゅ》する。

拳斗《けんと》たちはなにも言い返せないまま、「行こうぜ。」とそそくさとその場から逃《に》げだした。

今日の部活は、すごかった。

いつもどおりの練習、ではあったんだけど。

くるみにあんなことを言われたあととはいえ、拳斗《けんと》たちは、ふだんどおりに練習をしていた。

で、ゲーム形式の練習後、いつもならボールを集めて、マーカーやビブスを片付《かたづ》けて、みんなでゴールをグラウンドの端《はし》に寄せてから、最後にトンボがけをするんだけど。

拳斗《けんと》たちはいつも最後のトンボがけをやらずに、一年にやらせとけよと温真《はるま》に言いつけて、さっさと部室へ向かう。

けど、今日の温真《はるま》はちがった。

押《お》しつけられたトンボを、拳斗《けんと》に押《お》し返《かえ》したのだ。

「全員でやるのが決まりだろ。」って。

「は？　おまえ、白石《しらいし》に味方されたからって、調子こいてんなよ！」

すぐに恭祐《きょうすけ》が言い返してたけど、すぐそばで、練習を終えたソフトボール部や、陸上部の女子たちが、じいっとこっちを見ていた。校舎からは、吹奏楽部《すいそうがくぶ》の女子たちも、身を乗りだしてこっちを見下ろしている。

それに気づいた拳斗《けんと》が、だまってトンボがけを始めた。その拳斗《けんと》を見て、カズも、陵介《りょうすけ》も、みんなトンボがけを始める。恭祐《きょうすけ》はしばらくだまって立っていたけど、顔を真っ赤にして、最後はおとなしくトンボがけを始めた。

（なんだよ、やればできんじゃん。）

端《はし》まできれいにならしたあと、完全下校の校内放送が流れる。

手を止めて見上げると、はちみつ色の空に、ひとはけの筋雲《すじぐも》が浮《う》かんでいた。

じゃあなとみんなと別れて大通りを歩いていると、信号待ちをしている、くるみの後《うし》ろ姿《すがた》が見えた。

「よう。」

俺《おれ》が声をかけたら、びくっと肩《かた》を震《ふる》わせて、くるみが振《ふ》り向いた。

「今日は、えっと、ありがとな。」

俺《おれ》がそう言ったとたん、くるみの大きな瞳《ひとみ》にぐんぐん涙《なみだ》が盛《も》り上《あ》がっていく。

「え。」

俺《おれ》がギョッとしている間に、くるみは空を見上げてわんわん泣きだした。

「え、あれ、え、ちょっと……！」

信号待ちをしていたおばさんが、眉間《みけん》にしわを寄せて俺《おれ》をにらむ。

「ちょっとあんた、なに女の子泣かしてんの。」

「いや、俺《おれ》じゃなくて、ええっと。」

あたふたとくるみのそばにかけよって、「ど、どうしたんだよ。」と声をかける。

「もしかして、拳斗《けんと》らにまたなんか言われたの？」

くるみは泣きながら、ぶんぶんと首を横に振《ふ》る。

「じゃあ、なに？」

「こわかった！」

くるみはそう言うと、またわああああと泣きだした。

「え？　今⁇」

わたり廊下《ろうか》で拳斗《けんと》ら相手にまくしたてたのは、二時間くらい前のことなのに。

「機関銃《きかんじゅう》みたいにまくしたてて、めっちゃ強かったじゃん。」

俺《おれ》が言うと、くるみは涙《なみだ》を流したまま、俺《おれ》をにらみつけた。

「強いわけ、ないじゃん！　強がってただけだよ！」

「そうなの？」

「あたりまえじゃん！　こわかったけど、悠太《ゆうた》が……、バカでヘタレでなんにも言い返せなかった悠太《ゆうた》が、わたしのこと、かばってくれたでしょ？　だから、無理してがんばったんだよ！」

（そ、そうだったんだ……。）

俺《おれ》は肩《かた》の力が抜《ぬ》けて、思わずふっと笑ってしまった。

いつも眉《まゆ》をつりあげて、ぎゃんぎゃん怒《おこ》ってるのに、泣いてるくるみの顔は、小さいころのままだった。

たしかにあのとき、俺《おれ》はあと先考えず、とっさにくるみをかばった。じゃないとくるみが拳斗《けんと》になぐられるかもしれないって思って。

そうだよな。俺《おれ》は今までずっと、バカでヘタレでなんにも言い返せなかった。なぜなら、自分のことしか考えてなかったから。

温真《はるま》がいいように使われてることも、女子たちのことをああだこうだ言うことも、いやだと思いながら見て見ぬふりをしてきた。言えば、俺《おれ》がいじられるかもって思って。

けど、それじゃあダメなんだ。

たとえそのせいでいじられることになったとしても、よくないことはやめろって言わなきゃいけなかった。じゃないと俺《おれ》も拳斗《けんと》たちと同罪だ。

俺《おれ》ひとりが注意したところで、なにかが変わるってわけでもないかもしれない。

けど、今のままだときっと、俺《おれ》は、自分のことをきらいになってしまう。

『いじるやつ　いじられるやつ　見てるやつ
　なにがダメなの　ちがっていいのに』

ちがうことで、いじられるかもって思った。

けど、ちがっていいんだ。

ちがうことから逃《に》げるのは、いじるやつと同じになること。

それなら、ちがうほうがいいに決まってる。

「今まで、ごめん。」

俺《おれ》の言葉に、くるみがぐしゅんと鼻を鳴らす。

「なにが？」

「なにがって、いろいろ。俺《おれ》もくるみを見習って、これから、よくないなと思ったこと、ちゃんと注意するようにするよ。」

ぼそぼそとそう告げると、くるみは、ずずっとはなをすすってから、

「あっそ。期待してないけど、がんばんなさいよ。」

そっけなく言って信号をわたっていった。

なんだよ、それ。

そんなだから……、おっと、これは言っちゃだめなんだっけ。

むうっと口をとがらせていたら、

「ちょっと、なにしてんの。信号、替《か》わるよ！」

先にわたったくるみが、振《ふ》り返《かえ》って俺《おれ》に言う。

「え、あ、やば。」

信号が点滅《てんめつ》する。

俺《おれ》は、あわててくるみのあとを追いかけた。

第4話

恋《れん》愛《あい》しなきゃダメですか？

トークテーマ

友だちと好きのちがい

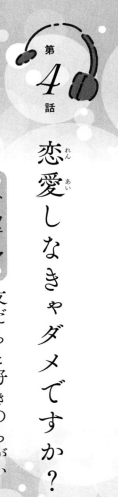

中学生になるのがこわい、とか、なんで思ってたんだろ。

夜空に浮《う》かぶバニラアイス色の月を見上げて、半年前のあたしに念を送る。

だいじょうぶ、中学って楽しいよ?

そりゃあ、勉強も難《むずか》しくなるし、部活はガッツリハードモードになるし、友だち同士のあれこれがちょっと複雑にはなるけど。なんたってスマホを自由に使えるし、今日みたいになかよしメンバーでお泊《と》まり会《かい》までできちゃうんだから。

ただ今、夜の十一時。

こんな時間に友だちとコンビニにアイス買いに行くとか、最高かよ!

「なにボケーッとしてんの、涼香《すずか》。」

あたしの前を歩いていた紗季《さき》から声をかけられて、「ごめん、ごめん。」とかけよる。

「いや、中学生って最高だなって思ってさ。」

あたしの言葉に、みんながなにそれと笑いだす。

「早く帰らないと、アイスとけるよ。」

「だねーっ!」

あたしたちは、きゃははと笑いながら夜の歩道をかけだした。

今日は紗季《さき》んちに、同クラのリイと、穂歩《ほほ》、四組の藍里《あいり》とあたしの四人でお泊《と》まりに来ている。

紗季《さき》とは幼稚園《ようちえん》のいちご組時代からのお付き合い。紗季《さき》は、いつも手鏡とリップとブラシをポケットに入れてるようなコスメ大好き女子だ。

中学生になってからちょっとギャルっぽくなっちゃったけど、明るくてノリがいいから、クラスが離《はな》れてもなかよくしてる。

そんな紗季《さき》とリイ、藍里《あいり》が同じ吹奏楽部《すいそうがくぶ》でお泊《と》まり会《かい》をするって聞いて、そこに穂歩《ほほ》とあたしも混ぜてもらったってわけ。

紗季《さき》んちは、年の離《はな》れたお兄ちゃんとお姉ちゃんがいて、ふたりとも春にそろって家を出ていっちゃったから、部屋がふたつあまってるらしい。

それで今回、こんな大勢でのお泊《と》まり会《かい》をさせてもらえることになった。

紗季《さき》んちに戻《もど》ったら、あたしたちはすぐに二階に上がってちょっととけかけたアイスを急いで食べた。

あたしが選んだのは、ふだん、家ではなかなか買ってもらえないお高いやつ。期間限定のレモンチーズタルト味。おこづかい的には厳《きび》しいけど、こんな日くらい、ちょっと上等なアイス食べてもいいよね？

アイスを食べながら、クラスや部活のうわさ話で盛《も》り上《あ》がり、あたしがバスケ部の顧問《こもん》の先生のものまねをして、そのあとプロジェクターでダンス動画を見ながらみんなで踊《おど》りまくった。

紗季《さき》んちのパパとママは朝が早いらしくて、十時くらいに寝《ね》ちゃったら朝まで起きてこないって聞いてたから、あたしたちはやりたい放題。もう永遠に朝がこないでほしいってくらい、ずっと盛《も》り上《あ》がってたんだけど。

踊《おど》りつかれて、とりあえずふとんの上でべちゃくちゃしゃべっているとき、

「やっぱ、うちらの学年では小池《こいけ》が一番じゃない？」

穂歩《ほほ》がそんなこと言いだしてから、風向きが変わってきた。

テニス部の山崎《やまさき》さんとモモちゃんが同時期に小池《こいけ》に告ってどっちもフラれたらしいと

か、そういえば四組の尾関《おぜき》と児玉《こだま》さんがふたりで駅前のゲーセンでプリを撮《と》ってたらしいとか。みんながかくし持っていた恋《こい》バナを披露《ひろう》し始《はじ》める。

いったん落ち着いたところで、藍里《あいり》がリイのひじをこづいた。

「ねえ、リイ。あの話、言っちゃいなよ。」

「え～？　ここで？」

リイが甘《あま》えたような声を出して、あたしたちをチラチラ見る。

「リイったら、私立《しりつ》に行ってる香坂《こうさか》って男子と、付き合いだしたんだって。ね？」

「リイもついに彼氏持《かれしも》ち？」、「いいな～。」

みんなに冷やかされて、リイはまんざらでもなさそう。

そしたらその流れで、みんなの秘密《ひみつ》告白大会になってしまった。

藍里《あいり》は吹奏楽部《すいそうがくぶ》で同じパートの末吉先輩《すえよしせんぱい》が好きらしくて、穂歩《ほほ》はバスケ部の保高《ほだか》と毎晩《まいばん》ラインのやりとりをしているらしい。紗季《さき》なんて、田口《たぐち》が気になってるとか言いだすし。

「ちょっと待ってよ。紗季《さき》、いっつも田口《たぐち》のこと、うざがらみしんどいとか、顔でかいとか言ってたじゃん。」

思わずあたしが口をはさむと、みんなに「わかってないな〜。」と笑われた。

「紗季《さき》が田口《たぐち》のこといいなって思ってそうなの、ミエミエだったじゃーん。」

「ってか、田口《たぐち》もまんざらじゃないと思う。絶対紗季《さき》のこと、好きだよね？」

あたし以外の三人が、「わかるー！」と声をそろえた。

（え、うそでしょ。）

田口《たぐち》は、小五、小六と同じクラスだった男子で、ものすごいお調子者だ。いつも前髪《まえがみ》ばっかり気にしてて、なによりチャラい。悪いけど、あたしは田口《たぐち》をかっこいいだなんて思ったこと、一度もない。

紗季《さき》は低学年のころからアイドル好きで、「KSKS《クスクス》」のアキくんだとか、「1PM《ワンピーエム》」のトーゴだとか、とにかくグループでセンターにいるような一番人気のメンバーを推《お》している。なのに、田口《たぐち》？　あり得ない！

（みんな、いつの間にそんなことになっちゃったわけ？）

小学校までは、アイドルで誰《だれ》が好きって話くらいはしたけれど、特定の誰《だれ》かを好きって話は、一部の女子しかしてなかった。それが、中学に入ったとたん、みんな恋《こい》バナばっかりするようになってきた。

きゃあきゃあ盛《も》り上《あ》がるみんなの横で、ひとり、ふとんの上であぐらをかく。

あたしはそういう話、まったく興味がない。

紗季《さき》が貸してくれるまんがとか、映画《えいが》やドラマに出てくる恋愛《れんあい》は、おしゃれでキュンとするからいいなって思うけど、それってはるか遠い世界の話のような気がして、自分とは異次元《いじげん》な感じがする。

だってあたしのまわりにいる男子たちは、まんがや映画《えいが》に出てくるかっこいい男子とはぜんぜんちがう。男子は『男子』という生き物としか思えない。

田口《たぐち》なんて、そばに来たら汗《あせ》くさいし、髪型《かみがた》変だし、字がきたないし。どこに好きになる要素があるんだろ？

もちろんそんなこと、紗季《さき》には言えないけど。

あたしはしばらくだまってみんなの話を聞いていたけど、だんだんこわくなってきた。

この流れでいくと、あたしにも話が振《ふ》られるよね？

けど、みんなに言えるような秘密《ひみつ》なんてマジでない。あー、みんなの秘密《ひみつ》なんて聞くんじゃなかった。

さっき食べたレモンタルトのアイスのせいで、口の中が甘《あま》ったるい。

悪あがきかもしれないけど、気配を消そうとだまって足の指をいじっていたら。

「で、涼香《すずか》はどうなの。」

とうとう名指しで聞かれてしまった。背中《せなか》をたらーんといやな汗《あせ》が流れる。

「……いや、ごめん。あたし、話すこと、なんもない。」

なるべくさりげない感じで言おうとしたのに、口の中の甘《あま》ったるさのせいでなんかねばっとした言い方になってしまった。とたんにみんなの表情が険しくなる。

「なにそれ、ズルイ！」

「うちらの恋《こい》バナ聞いたのに、自分だけ内緒《ないしょ》にするの、ナシでしょ！」

「そうだよ。涼香《すずか》はうちらよりずっと男子と仲いいじゃん。クラスでも、部活でもいいからさ、誰《だれ》かひとりくらい、いいなって思う子いるでしょ？」

みんなに責め立てられて、ウッとなる。

たしかに穂歩《ほほ》が言うとおり、あたしは男子の友だちが多い。

けど、それだけ。

第一、あたしはみんなみたいにおしゃれとか髪型《かみがた》とかに興味がない。バスケをするのにじゃまだから、小学生のころからずうっとショートカットだし、アイスは好きだけど、スイーツよりも「じゃがりこ」のほうが好き。私服《しふく》は何着ていいかわかんないから、ママが買ってきた服を適当に着てるだけだし。みんなみたいに日焼け止めとか制汗《せいかん》スプレーとかそういうのもめんどくさくて使ってない。

ドッジボールも、紗季《さき》たちみたいにきゃあきゃあ逃《に》げ回《まわ》らずに、バンバン当てに行く派《は》だし。

いわゆる女子っぽさがぜんぜんないから、男子たちもなんの気がねもなくあたしにしゃべりかけてくるだけだ。

それにあたしは、自分から好《この》んで恋《こい》バナを聞いたわけじゃない。みんなが勝手に話し始めただけじゃん？

けど、今この場でそれを言ったら、あたし、確実にみんなからきらわれるよね……。

でも、本当に好きな子も、いいなと思ってる子もいないんだから、しょうがなくない？

下くちびるをつきだして、だまっていたら。
「そうだ、月見里《やまなし》は？」
紗季《さき》の言葉に絶句した。
「……は？」

月見里耀《やまなしかい》は、同級生。今はクラスがちがうけど、小学校のころからなかよくしている。部活には入っていない。聞いてないけど、運動が苦手っぽいから、入らなかったのかな？　うちの中学、文化部は吹部《すいぶ》以外あんまり種類がないみたいだし。

運動大好きなあたしが、なんでそんな運動が苦手な男子と仲がいいかっていうと、さかのぼること半年前。小学校の卒アルに自分のベスト3ってコーナーを書かなくちゃいけなくて、あたしはその原稿《げんこう》を集める係だった。

みんなそれぞれ好きな曲とか、好きなサッカー選手とかそういうの、書いてたんだけど、ぐうぜん、あたしも月見里《やまなし》も好きな映画《えいが》ベスト3を書いてた。そのうち二作品がかぶってて、びっくりした。

だってどっちも洋画だし、ぜんぜんメジャーなやつじゃないから。

それで、「月見里《やまなし》って映画《えいが》好きなの？」ってあたしから話しかけた。そっからなかよくなったって感じ。

それまで、月見里《やまなし》のことは、めずらしい苗字《みょうじ》だなあって思ってたくらいで、話したことなんてなかった。クラスの男子の中でぜんぜん目立たない存在《そんざい》だったし。

背《せ》はたぶん男子の中でまんなかよりちょっとうしろくらい。

色が白くて、瞳《ひとみ》の色も、髪色《かみいろ》もちょっとベージュっぽい。目の下と鼻の上にうっすら茶色いそばかすがあって、ちょっと外国の男の子っぽい感じ（本人の話では、海外にルーツはまったくないらしいけど）。

月見里《やまなし》はひとりっ子らしくて、家で親が仕事から帰ってくるまでヒマだったから動画配信を観《み》るようになって、それで映画《えいが》にハマったんだって。

その程度の情報は知ってるけど、映画《えいが》以外の話はほとんどしない。

ただ、映画《えいが》の情報を交換《こうかん》するためにおたがいのアカウントは交換《こうかん》した。最初は、観《み》た映《えい》画《が》の感想を送りあっていたけど、月見里《やまなし》から映画専用《えいがせんよう》のＳＮＳがあるって教えてもらって、そっちでも、おたがいフォローしあっている。

月見里《やまなし》のことは完全に『映画好《えいがず》き仲間』としか思ってなくて、男子として意識したこともないし、向こうだって同じだと思う。

そもそも、あたしは男子にまったく興味がない。

だから、好きとかそういうの、あり得ないから！

あたしがそう力説すると、紗季《さき》たちは「またまた〜。」、「普通《ふつう》、男子とそこまで趣味《しゅみ》合うことないよ？」と納得《なっとく》してくれない。

それでも絶対にちがうと言い張ったら、

「あ、もしかして……。」

穂歩《ほほ》がとつぜん、神妙《しんみょう》な顔になった。

「涼香《すずか》、男子じゃなくて女子のほうが好きとか？」

（なにそれ！）

さすがに頭にきた。

男子に興味がないって言っただけで、なんでそうなるわけ？

「ホント、ないから！」と強めに言ってふとんにもぐりこんだら、「あ〜あ、怒《おこ》っちゃった。」、「冗談《じょうだん》だってば。」ってやっと引き下がってくれたけど。

はー、ホントやだ。恋《こい》バナとか、無理。

せっかく楽しいお泊《と》まり会《かい》だったのに、なんかいやな気持ちになっちゃった。

しばらくして、みんなの寝息《ねいき》が聞こえ始めた。けど、あたしは腹《はら》が立って、タオルケットにくるまったまま、なかなか寝付《ねつ》けなかった。

ふわあ。

晩《ばん》ごはんを食べながらあくびをしたら、ママと絢《あや》ねえが顔を見合わせた。

「なんなの、昼間ずっと寝《ね》てたのに、あくびなんかして。」

「中学生はいいよねえ、のんきで。」

ふたりにからかわれて、「うるさいなあ。」とイスに座《すわ》りなおした。

昨夜《ゆうべ》はほとんど寝《ね》ないまま、朝ごはんを食べたあとみんなでプールに行った。さすがにつかれて、昼に家に戻《もど》ってからは『昼寝《ひるね》』と言うには長すぎるくらい、ついさっきまでぐっすり眠《ねむ》ってしまった。

これじゃあ昼夜逆転してしまいそうだけど、夏休みだし、まあ、いっか……。

「どうせ昨日、一晩中《ひとばんじゅう》おしゃべりしてたんでしょ。」

絢《あや》ねえの言葉に、ママがすかさず口をはさんだ。

「いいじゃなーい。女子中学生はおしゃべりがなにより楽しい時期だもん。ママもそうだったわあ。クラスの好きな男の子の話とかしてさ〜。」

ふたりが顔を見合わせて、フフッと笑いあう。

あ、なんかやな予感。

そう思ったら、ママが目をキラキラさせながら中学生のころ、学年で一番かっこよかったサッカー部のキャプテンの子に、お祭りに誘《さそ》われた話をし始めた。

「ばあばに浴衣《ゆかた》着せてもらってさ、最初はおたがいはずかしくてなかなかしゃべれなかったんだけど、ヨーヨーつりの屋台見つけてさ。その子がママがほしいって言ったピンクのヨーヨー取ってくれたんだよ〜！」

「なにそれ、少女まんがみたいじゃーん！」

絢《あや》ねえが、きゃあ〜と言いながら、ばしばしとママの肩《かた》をたたく。

（うげえ、ママのそんな話、聞きたくないんだけど。）

それはパパも同じみたいで、「ごちそうさま……。」と小声で言って、そそくさと食器を持ってキッチンへ向かった。ふだんはそんなことしないのに、じゃあじゃあと水音を立てて、食べ終えた食器を洗《あら》い始《はじ》める。

「けど絢《あや》ちゃんもさ、中学生のとき、倉田《くらた》くんって男の子と、お祭り行ってたじゃ〜ん。ママ、浴衣《ゆかた》着せてあげたでしょ。」

絢《あや》ねえが、長いまつ毛にふちどられた目をさらに大きく見開く。

「やだ、ママ、知ってたの？」

「知ってるに決まってるでしょー。『絢《あや》ちゃん、男の子とお祭り行くらしいよ。』って優香《ゆうか》ちゃんのママからラインきてたし。」

「げっ、ママ友ネットワーク、こわっ。」

絢《あや》ねえが笑いながら顔をしかめる。

ふたりはきゃあきゃあ言いながら過去の恋《こい》バナで盛《も》り上《あ》がってる。

（はあ、また始まった。）

ママと絢《あや》ねえは顔立ちも、体形も、服の雰囲気《ふんいき》もよく似ている。髪《かみ》が長くて、巻《ま》いていて、色が白くて、コスメが大好き。靴下《くつした》よりもストッキング派《は》で、ブラやパンツもレースやフリルのてろんてろんのやつが好き（ちなみにあたしはTシャツみたいな素材のやつじゃないとかゆくなる）。

なんというか見た目も好みもしぐさも全部が『女子っぽい』。プラス、紗季《さき》たちみたいに恋愛《れんあい》がらみの話が大好きだ。

映画《えいが》だって、恋愛《れんあい》まんがが原作のアイドルやイケメン俳優《はいゆう》が出る邦画《ほうが》しか観《み》ないし、当然、あたしとはおおちがい。

そもそも、あたしが映画《えいが》を好きになったのは、ママや絢《あや》ねえに付き合わされて観《み》に行った恋愛映画《れんあいえいが》がきっかけだった。ママたちの好きな映画《えいが》は正直あんまりおもしろいとは思わなかったけど、上映前《じょうえいまえ》に次々流れる予告編を観《み》て、恋愛映画《れんあいえいが》以外のいろんなジャンルの映《えい》画《が》に興味を持つようになった。

それで、ネット配信でむさぼるように映画《えいが》を観《み》るようになったってわけ。

特に外国の映画《えいが》が好き。観《み》たこともない景色だったり、習慣だったり、考え方だったり。あたしの知らない世界を教えてくれるから。

けど、ママたちはあんまり興味ないみたい。外国の映画《えいが》は、登場人物の名前が覚えられないし、みんな顔が同じに見えるんだって。

あたしには、ママたちが好きなアイドルのほうが同じ顔に見えるけど。

「あー、やっぱ眠《ねむ》いわ。早く寝《ね》ようっと。」

妙《みょう》な話題を振《ふ》られないように、さりげなくその場を立ち去ろうとしたら。

「そういえば、涼香《すずか》はそういう話、ぜんぜんないね。」

ふいに絢《あや》ねえが、盛《も》りに盛《も》ったまつエクをパチパチさせてあたしに目を向けた。

「そうだよ。クラスにかっこいい子とか、いないの？　バスケ部にもいそうじゃん。」

ママにまで聞かれて、あたしはげんなりしながら答えた。

「いないよ。いるわけないじゃん。いてもあたしには関わりないし。」

「いるわけないって、なんでよ～！　普通《ふつう》、中学生にもなったら好きな子のひとりやふたり、できるもんでしょ？　自慢《じまん》じゃないけど、ママなんて中学生のころからずうっと彼氏《かれし》がとぎれたことないんだから。」

ママがピンクベージュの巻《ま》き髪《がみ》を揺《ゆ》らして、胸《むね》を反らす。

(出たよ、その話。)

ママの自慢《じまん》は中学生のころから結婚《けっこん》するまでの間、ずっと彼氏《かれし》がとぎれなかったこと。

幼稚園《ようちえん》からずうっとモテ街道《かいどう》を邁進《まいしん》してきたんだって。

友だちの中で一番に結婚《けっこん》して、一番にこどもを産んだのが自慢《じまん》でしょうがないみたい。

たしかにまわりの友だちの中ではママが一番若《わか》く見えるし、一緒《いっしょ》に買い物に行ったら店員さんに「え、おかあさん？　姉妹《しまい》かと思いました。」なんて言われがち。

けど、どれだけ若《わか》く見えても、あたしにとってママはママだし、ママのこどもだからといって、同じようになるとは限らない。

「涼香《すずか》もせっかく女の子に生まれてきたんだから、メイクしたり、おしゃれしたりして、自分みがきしなきゃ。」

「そうそう。じゃないと、映画《えいが》みたいなアオハルできないよ？」

ママと同じく彼氏《かれし》がとぎれたことがない絢《あや》ねえが、韓国《かんこく》コスメでぷるんぷるんにしたくちびるをとがらせる。

「はい、はい。わかったよ。」

あたしは適当に返事をして、キッチンまわりを熱心にふいていたパパに食器を託《たく》し、リビングをあとにした。

あ〜あ、どこでもここでも恋愛《れんあい》の話ばっかり。

普通《ふつう》、普通《ふつう》って、なんなのよ。

恋愛《れんあい》しなきゃ普通《ふつう》じゃないって言うの?

もううんざりだよ!

自分の部屋に戻《もど》ってスマホを見たら、ごはんを食べている間に、いっぱいラインやDMが入ってた。画面を見ながら、ベッドに寝《ね》っ転《ころ》がる。友だちからのラインに適当にスタンプで返事をしてから、映画専用《えいがせんよう》SNSのアプリを開いた。

(おっ、月見里《やまなし》のやつ、また新しい映画《えいが》の感想上げてる。)

このSNSであたしがフォローしてるのも、されてるのも月見里《やまなし》だけ。観《み》たい映画《えいが》とか観《み》た映画《えいが》を登録したらすぐにタイムラインにあがってくるから、おたがいが今どんな映画《えいが》に興味があるのかが必然的にわかってしまう。

月見里《やまなし》は、最近ある映画監督《えいがかんとく》にハマってるみたい。このところずっとその監督《かんとく》の作品を追っている。

今日観《み》た映画《えいが》は、あたしも前に観《み》たことがあるSFミステリーだ。どんな評価をつけてるのか興味がある。

「あ、☆3ね。わかる！」

思わず声が出た。

この監督《かんとく》の作品は、おおむねどれも評価が高い。あたしも好きな監督《かんとく》なんだけど、この作品だけはどうしてだかピンとこなかった。

他の人は評価が高いから、あたしだけかなあと思っていたけど、あたしの倍ほど映画《えいが》を観《み》ている月見里《やまなし》も同じ評価で地味にうれしい。

『あたしも観《み》た。ちょっとテーマゴリ押《お》ししすぎだよね。』

月見里《やまなし》にそうDMしたら、すぐに返信がきた。

『ぼくも思った。監督《かんとく》らしさが裏目《うらめ》に出た感じがする。』

『主人公がコンビニで店員に言ったセリフ、どういう意味か、わかった？』

あたしが映画《えいが》の途中《とちゅう》でよくわからなかったセリフの話をしたら、『たぶんだけど。』のコメントの後に、長めのメッセージが届《とど》いた。

月見里《やまなし》いわく、北欧神話《ほくおうしんわ》にからめたジョークらしくて、それがのちのちの伏線《ふくせん》にもなっているらしい。

『北欧神話《ほくおうしんわ》なんて初めて聞いた。月見里《やまなし》って本当になんでも知ってるんだね。』

あたしのコメントにしばらくたってから、『たまたま。』と短めのコメントが送られてきた。返信に時間がかかったのは、照れてたからかな？　なんて返そうか考えてる月見里《やまなし》の姿《すがた》を想像したら、なんか笑える。

それから今度はリンクが送られてきた。

『これ、ぼくも観《み》たいなと思ってた。来週公開だけど行くの？』

それは、あたしが『観《み》たい』にチェックしていたイタリアの映画《えいが》だった。

駅前のシネコンとかではなく、わざわざ電車に乗っていかなきゃいけないミニシアターでしか上映《じょうえい》しない作品で、ひとりで行くのはちょっと勇気がいるなあと思ってたのだ。

『一緒《いっしょ》に行こう！』

そう返事しようとして、『送信』を押《お》す前に指を止める。

——そうだ、月見里《やまなし》は？

紗季《さき》の言葉が、頭の中でこだまする。

あたしは今まで、月見里《やまなし》と二度映画《えいが》を観《み》に行ったことがある。

小学校のときは長編アニメ、中学に入ってからはリバイバル上映《じょうえい》の映画《えいが》。どっちも紗季《さき》に声をかけたけど、「興味ない。」ってことわられたちょっとマニアックな作品だ。

映画館《えいがかん》に行くのはお金がかかるし、なかなか行けない。それでもどうしても観《み》たい映画《えいが》は配信を待たずに観《み》に行ってしまう。

前に一度、うちが入っていない動画配信サービスの作品が観《み》たくて、月見里《やまなし》の家に行ったことだってある。

それがあたりまえだったけど、あんなふうに言われた後で一緒《いっしょ》に映画《えいが》を観《み》に行くと、なんか誤解《ごかい》されないかな……。

一瞬《いっしゅん》そう思ったけど、あたしはぶるぶると首を横に振《ふ》った。

おたがい、そんなふうに思ってなんかないし、だいじょうぶ。

それにミニシアターは遠いから、学校の友だちに会う確率は低いだろうし。

あたしは気を取り直して、『送信』をタップした。


ミニシアター系《けい》の映画《えいが》は、上映《じょうえい》期間が短いことが多い。あたしの部活が休みの日に合わせて、翌週《よくしゅう》の土曜日にあたしは月見里《やまなし》と一緒《いっしょ》に映画《えいが》を観《み》に行った。

思ったよりも複雑な映画《えいが》で、考察サイトを見ないとどういう意味だったかよくわからないところがいっぱいあった。それで、あたしたちは映画《えいが》を観《み》たあと、駅前にあるベンチに座《すわ》って、答え合わせをすることにした。

「あのとき映《うつ》ったりんごの意味って何？」

「たぶんだけど、アダムとイブの禁断の果実を意味してるんじゃないかなあ。つまりさ、知ってしまったばっかりにふたりはもうあとには戻《もど》れなくなる的な？」

「あ、なるほどね。あとさ、そのとき一瞬《いっしゅん》、白いハト映《うつ》ったよね？　じゃあ、あれも何か意味があったってこと？」

「それ、ぼくも思った！　意味なく映《うつ》すわけないもんなあ。」

自販機《じはんき》で買ったカフェオレを飲みながら、ふたりでああでもない、こうでもないと感想を述べあう。

月見里《やまなし》は和洋問わず歴史にくわしく、雑学王だから、あたしが知らない知識を補《おぎな》ってくれるので助かるし、めっちゃ楽しい！

夢中でしゃべっていたら、ポケットの中のスマホがブブッと震《ふる》えた。

「あ、ごめん。なんかラインきた。」

スマホを取りだしたら、前に服を買ったことがあるショップからのどうでもいいラインだった。画面を確認しておどろいた。もう二時間近くもしゃべりたおしている。

「やば。もうこんな時間だ。そろそろ帰ろっか。」

あたしがベンチから立ち上がったときだった。

「芦田《あしだ》じゃね？」

ふいに誰《だれ》かの声がして顔を向けたら、同じクラスの男子・杉本《すぎもと》と福田《ふくだ》だった。こっちを見てニヤニヤ笑っている。

「五組の月見里《やまなし》も、一緒《いっしょ》じゃん。」

「なに、ふたり、付き合ってんの？」

ヒューヒューとベタなひやかしをしてくる。

「くっだらない。」

あたしは思いっきり顔をしかめて言い返した。

「どこに目ぇつけてんのよ。あたしだよ？　あたしが男子と付き合うとか、あるわけないでしょ。ばっかじゃないの。」

あきれて言い返すと、杉本《すぎもと》は、口をすぼめてタコみたいな顔になった。

「……え、ちがうの？」

いったん納得《なっとく》しかけたけど、すぐに福田《ふくだ》が言い返してきた。

「じゃあ、なんで一緒《いっしょ》にいるんだよ。」

「映画《えいが》観《み》てたんだよ。ほら、そこにミニシアターあるでしょ。」

あたしがミニシアターの看板《かんばん》を指さすと、ふたりは顔を見合わせる。

「やっぱ、デートじゃん！」

「フツー、付き合ってないのに映画観《えいがみ》に行かねーもん。」

あたしはイラッとして強めに言い返した。

「うちらは映画《えいが》友だちなの。観《み》たい映画《えいが》が一緒《いっしょ》だったから観《み》に来ただけじゃん。なんか文句ある？」

「えーっ、いくら観《み》たい映画《えいが》が一緒だからってフツーわざわざ休みの日に、男と女ででかけたりしないよな。やっぱ、好き同士だからだろ。」

（ふたりそろってフツー、フツーってなんなのよ！）

ムカッときて、さっきより声を荒《あら》らげた。

「あ、そう。じゃあきくけど、あんたら、今までおかあさんとか、おばあちゃんとか、おねえさんとか、いもうととかとでかけたことあるよね？　だったら、それ、好き同士で、付き合ってるってことなんだ？　へえ〜、それ、フツーなんだあ。」

勢いよくまくし立てると、ふたりはギョッとした顔になった。

「ばかか、おまえ。」

「そんなわけ、ねえだろ。」

顔を真っ赤にして、早口で言い返してくる。

「だったら、うちらだって好き同士なんかじゃないし！　言っとくけど、学校で変なふうにうわさ流したら、承知しないからね！」

ぴしゃりと言うと、ふたりはすっかりビビったようで「わかってるよ。」とおとなしくうなずいた。

「ほら、行こう、月見里《やまなし》。」

あたしが言うと、となりでずっとだまっていた月見里《やまなし》は、立ち上がって、杉本《すぎもと》たちにペコッと頭を下げてからあたしのあとについてきた。

「はー、言ってやった、言ってやった。」

あたしは駅に向かうスロープを歩きながら、アハハと笑った。

「見た？　さっきの杉本《すぎもと》と福田《ふくだ》の顔。スカッとしちゃった。」

あたしが笑いながら言ったのに、となりを歩く月見里《やまなし》の表情が暗い。

「あのさ、気にしなくていいからね？　あんだけ言っといたから、絶対だいじょうぶだし。むしろよけいなこと言ったら、またバチボコに言い返してやるから、まかせといて。」

あたしが、ぐっと力こぶを作るまねをしてみせたら、

「ぼくは……。」

月見里《やまなし》が急に立ち止まった。

「ん？　なに？」

あたしも立ち止まって振《ふ》り返《かえ》ると、月見里《やまなし》がぼそりと言った。

「ぼくは、芦田《あしだ》さんのこと好きだけど。」

「えっ。」

あたしは、びっくりして月見里《やまなし》を見た。

月見里《やまなし》はふだんどおりの表情で、淡々《たんたん》と続ける。

「さっき、芦田《あしだ》さんは『自分が男子と付き合うとか、あるわけない。』って言ってたけど、なんでそう思うの？」

「なんでって……。だって、あたし、おしゃれとか、恋《こい》バナとか興味ないし……。」

しどろもどろになって答えたら、月見里《やまなし》は少しだけ首をかしげた。

「おしゃれとか恋《こい》バナが好きだから付き合うって定義、おかしくない?」

「そ、それはそうだけど……。」

マズい。月見里《やまなし》みたいに理論《りろん》だてて話ができない。

どう答えようか必死で考えていたら。

「ぼくは、芦田《あしだ》さんのこと、ディープな映画《えいが》の話ができる相手としても好きだし、女子としても好きだけど。」

まるで映画《えいが》の解説をするように言われて、あたしはすっかりたじろいでしまった。

え、え、え。なんで急にそんなこと言うの?

あたしら、ただの映画友《えいがとも》だちでしょ?

そういう空気、今まで全然なかったじゃん!

「芦田《あしだ》さんは、ぼくのこと今までどう思っていたの?」

月見里《やまなし》が色素のうすい瞳《ひとみ》であたしを見る。

「どうって……。」

あたしは開きかけた口を、きゅっと閉《と》じた。

くちびるがかわいていて、前歯にひっかかる。

いやいや、待ってよ。月見里《やまなし》のことそんなふうに考えたこともないし、そもそも誰《だれ》のことそんなふうに考えたことがない。

映画《えいが》やまんがの世界では、気になる男子と出かけるときは、みんなおしゃれしてる。

今日のあたし、ジャージだよ？

くちびるかっさかさで、なんなら今朝、顔を洗《あら》ったかすらもあやしいくらいだよ？

そんなあたしのどこを好きになんてなるわけ？

あたしはすうっと息をすいこんでから、思い切って言った。

「あたしは……、ごめん。月見里《やまなし》のこと、きらいじゃないけど、なんていうか恋愛《れんあい》とかそういう気持ち？　なったことないし、映画《えいが》の話ができる友だちとしか思ったことない。」

できるだけ気持ちをこめて、ううん、本当に心からそう思ってるんだから、それ以上別の言い方なんてできっこない。

月見里《やまなし》ならきっと、わかってくれる。

願いをこめて、見つめた。

月見里《やまなし》は真顔でしばらくだまっていたけれど、いつもと変わらない様子で、「……なるほど。了解《りょうかい》です。」と言ってうつむいた。

（……わかってくれた、んだよね？）

「じゃあ、帰ろっか。」

おそるおそる言ってみる。

『一緒《いっしょ》になんて帰れない、むしろ映画友《えいがとも》だち解消だ。』って言われたらどうしよう。

そう思ったけど、月見里《やまなし》はまたさっきと同じ調子で「了解《りょうかい》です。」と答えた。

あまりにあっさりしていて、拍子《ひょうし》抜《ぬ》けする。

正直、電車に乗るまではなんかぎくしゃくしてたけど、帰りの電車で、またさっきの映《えい》画《が》の話を振《ふ》ると、月見里《やまなし》はふだんどおりに自分なりの解釈《かいしゃく》や同じ監督《かんとく》の別作品の話をし始めた。最寄《もよ》り駅《えき》に着くころには、すっかりいつもどおりになっていてホッとする。

（なあんだ、心配しすぎだったかな。）

「家帰ったら、今日観《み》た映画《えいが》の感想書きこむから。」

うちの家に続く路地の角でそう言うと、月見里《やまなし》はひょこっと頭を下げた。

「じゃあ、さよなら。」

そのまま、背《せ》を丸めて歩いていく。

その姿《すがた》に、あれっと思った。

なんか、ちょっとおかしくない？

同級生なのに、月見里《やまなし》がおおげさなくらい礼儀《れいぎ》正《ただ》しいのはいつもどおり。バイバイじゃなくてさよならって言うのもふだんどおりだ。なのに、なにかがちがう気がする。

それがなにかわからないまま、あたしはしかたなく自分の家に向かって歩きだした。


帰宅後《きたくご》、いくら待っても、月見里《やまなし》はアプリに映画《えいが》の感想を上げなかった。

『観《み》た』というチェックマークすらつかない。

（え、え、なんで？　やっぱ、怒《おこ》ってる？）

あたしはあせって月見里《やまなし》にラインを送ってみた。

けど、なかなか既読《きどく》がつかない。ふだんもすぐにリアクションがあるわけじゃないけど、それでも三十分以内には既読《きどく》がつくのに。

今度はアプリのＤＭにも送ってみる。けどやっぱり返事がない。

いつもはベッドに入ったら秒で眠《ねむ》ってしまうのに、あたしは何度もスマホをチェックして、なかなか寝付《ねつ》けなかった。


それから数日、明らかに月見里《やまなし》の様子はおかしかった。

五組まで出向いてしゃべりかけようとしたら、絶妙《ぜつみょう》なタイミングでいなくなるし、通学路で見かけても絶対に目を合わせようとしない。

さすがのあたしも突撃《とつげき》するのはよくないと思い、月見里《やまなし》にしゃべりかけるのはあきらめることにした。

（はあ〜、なんでこんなことになったのかなあ。）

あたしは、がっくりと頭《こうべ》をたれた。

月見里《やまなし》を怒《おこ》らせてしまったのかと思ったけど、きっとちがう。

あのとき、あたしは誠心誠意《せいしんせいい》自分の気持ちを伝えた気でいたけど、たぶんどの言葉かが、月見里《やまなし》を傷《きず》つけたんだと思う。

けど、いくら考えてもなにがダメだったのかなんてわからない。

(ああ、あたしはダメな人間だ。)

ほおづえをついて、はあっと息をはきだしたら、紗季《さき》があたしの前の席に座《すわ》った。

「どうしたの、涼香《すずか》。悩《なや》みなら聞くよ?」

紗季《さき》が目をキラキラさせてあたしの顔をのぞきこむ。

こういう話は紗季《さき》に聞いたほうが……。

一瞬《いっしゅん》そう思いかけたけど、あわてて打ち消した。

だめだ。絶対普通《ふつう》の恋《こい》バナにされてしまう。

それに、月見里《やまなし》の気持ちを勝手に誰《だれ》かに言うのは絶対によくないだろうし。

「……いや、いいわ。なんもないし。」

あたしがことわると、

「月見里《やまなし》でしょ。告白でもされたんかい?」

紗季《さき》が間髪《かんはつ》入れずに言う。

「え、なんでわかんの。」

思わず口走ってしまい、あわてて手で自分の口を押《お》さえる。

「あんた、あたしのこと、なめてんの？　いちご組からの付き合いだろうが。」

紗季《さき》はそう言って、勝ちほこったようにほほえんだ。


放課後、中庭のベンチで。

ずっと修行僧《しゅぎょうそう》みたいに目をつむってあたしの話を聞いていた紗季《さき》は、話が終わるとクワッと目を見開いた。

「全部あんたが悪い。」

その一言に、絶句する。

「え、どういうところが？」

「いや、徹頭徹尾《てっとうてつび》、全部だよ。」

壮大《そうだい》なダメ出しに、言葉がすぐに出てこない。

（そんなに……？）

自分でも、きっとどこかがよくなかったんだろうとは思ってたけど、まさか全部だったとは……！　つくづく自分がいやになる。

「悪いけど、具体的に教えてくれる？」

わらにもすがる思いでたずねてみる。

「だいたい、自分に魅力《みりょく》があることに自覚ないところがまずダメ。」

「……はい？」

意味がわからず問い返す。

「前から言おうと思ってたんだけどさ、涼香《すずか》は自分のよさにまったく自覚がないとこがマジムカつくんよ。あんた自分のこと女子っぽくないとか言うじゃん？　女子っぽいってなんなんそれ。どこの誰《だれ》が決めたんじゃ。」

「……えっ。だって、本当のことだし。」

そこで紗季《さき》はキッとあたしをにらんだ。

「あんたはうちらとちがって髪型《かみがた》とかメイクとかぜんぜん気にしてないのに、男子たちが寄ってくるじゃん。あんたは知らないかもしんないけどさ、ショートカットでボーイッシュって、男の大好物なんだよ。似合う子限定されるから、うちらには絶対できないんだけど！　ああ、腹立《はらた》つ！」

あたしは、信じられない思いで紗季《さき》を見た。

なにそれ。今までそんなこと思ってたの？

「いくらあんたが意識したことないって言ったって、あんたにはやっぱり、好きになっちゃう魅力《みりょく》があるんだよ。そんなあんたが親《した》しげにしゃべりかけてくれたら？　そりゃあどうしたって相手は期待しちゃうでしょ。」

紗季《さき》はそう言うと、あたしの肩《かた》を押《お》した。

「そういうの、『罪作り』っていうんだよ。」

あたしは、今紗季《さき》に言われたことを何度も頭の中でくりかえした。

あたしに自覚がなくても、向こうがそう感じたらそれでアウトってこと？

それじゃあ、もう月見里《やまなし》とは友だちには戻《もど》れないってこと⁇

っていうか、それ、あたしが悪いことになっちゃうの？

「涼香《すずか》は男子とも友だちでいられるって思いこんでたかもしんないけど、もううちら、いちご組じゃないんだよ。いつまでもそういうわけにはいかないの。中学生なんだから。」

紗季《さき》は捨《す》てゼリフのようにそう言うと、行ってしまった。

ベンチにひとり取り残されたあたしはすっかり途方《とほう》に暮《く》れて、いつまでもそこにいた。


その日の塾《じゅく》の内容は、ぜんぜん頭に入ってこなかった。

ずっと紗季《さき》に言われたことを頭の中でくりかえしたけど、やっぱり納得《なっとく》できない。

そう思ってしまう自分が悪いんだろうかと悩《なや》んでしまう。

今までたくさんの映画《えいが》を観《み》てきた。そこには、性別も年齢《ねんれい》も越《こ》えたさまざまな恋愛《れんあい》の形が描《えが》かれていたはずなのに、なにが正解なのかあたしにはわからない。

だってあたしにとっては、月見里《やまなし》と映画《えいが》を観《み》るのも、紗季《さき》と映画《えいが》を観《み》るのも同じことだ。ただ、月見里《やまなし》のほうが映画《えいが》の好みが似ていて、映画《えいが》の話がしやすいというだけ。

男子だからとか女子だからとか関係なく、友だちとしてどちらも好きなのに、あたしと月見里《やまなし》が異性《いせい》だってだけで、どうして話がこんなにややこしくなってしまうのか。そう考えてしまうあたしがおかしいんだろうか。

（……こんな悩《なや》み、誰《だれ》に相談したらいいんだろう。）

気がつくと、授業は終わっていた。まわりの子たちは、すでに帰り支度《かえりじたく》を始めている。

（……ここにずっといてもしょうがないか。あたしも帰ろ。）

机《つくえ》の上に広げていたペンケースやテキストをリュックにつめようとしていたとき。

「……でさ、どんな悩《なや》みも相談に乗ってくれるんだけど。」

その言葉に手が止まった。

（え、相談に乗ってくれる？　誰《だれ》が？）

声の主は、前の席の子たちだった。ちがう中学の女子ふたりだ。どうやら左側に座《すわ》っている子には悩《なや》みがあるらしい。

「けどそれってラジオなんでしょ？　わたしの書いたメールなんて、どうせ読んでもらえないよ。」

「ちがうってば、ポッドキャスト！　ラジオは決まった時間に聴《き》かなきゃダメだけど、ポッドキャストだったらスマホさえあればいつでもどこでも聴《き》けるし、過去の放送もアーカイブで聴《き》けるんだよ。さっきアズが言ってたような悩《なや》みも前にあったしさ、いいからだまされたと思って聴《き》いてみなって。」

右の子の話では、『アイとユー』という番組の中に悩《なや》み相談《そうだん》のコーナーがあるらしい。しかもそのパーソナリティーは、あたしたちと同じ中学生のアイって女の子なんだそうだ。うそかホントか知らないけど、そのアイって子は実は自殺した子を複製したAIでこの世に実在してないらしいとか、言ってた。

（ホントかいな。）

前の席の子たちがいなくなってから、あたしはスマホを取り出して検索《けんさく》してみた。そしたらすぐにヒットした。ポッドキャストって言葉に聞き覚えがあるなと思っていたけど、あたしがふだん使っている音楽配信アプリからも聴《き》けるみたいだ。

すぐに聴《き》いてみたい気持ちをおさえて、大急ぎで家へ帰った。

お風呂《ふろ》に入りなさいと言うママの声を無視《むし》して、二階の自分の部屋へかけあがり、早速ポッドキャストを聴《き》いてみる。

『こんばんはー！　夕方六時十五分から配信中。リスナーのみなさんと語りあう「アイとユー」。パーソナリティーの「アイ」です。』

軽快な音楽と共に、明るい声のアイのおしゃべりが始まる。

中学生とは思えないくらい、しゃべり慣れてる感じ。というか、この子、芸能人なの？めっちゃトークスキル高いんだけど。

しばらくアイが最近ハマってるキウイの新しい食べ方の話をしていたけど、そこから『相談コーナー』へと移った。

今日のお悩《なや》みは親との関係について。リスナーの子（アイユー委員というらしい）からのメールをアイが読みあげる。

（ふうん、なるほどね。）

塾《じゅく》の子たちはアイが答えてくれるって言ってたけど、厳密《げんみつ》に言うとそうじゃない。アイは自分の感じたことは言うけれどそれが正解だとは言っていない。代わりにその悩《なや》みに合わせた『短歌』で自分の気持ちを表しているみたいだ。

ポッドキャストは耳から情報が入ってくる。長々と解説されるよりも、三十一音の歌にしてもらったほうが、たしかに心に届《とど》く気がする。

（今までに、あたしの悩《なや》みに近い相談ってあったのかな。）

あたしは、アーカイブをたどってみた。

平日毎日配信しているからかアーカイブの数はかなり多かったけど、相談コーナーは五分ほどだから、すぐにたどることができた。

目当てのトークテーマは『友だちと好きのちがい』問題。小学六年生のアイユーネーム『シマエナガ』さんからのメールにたどりつく。

『ずっとなかよくしてた友だちから「付き合ってほしい。」と言われて困《こま》っています。その子のことはきらいじゃないです。でも、自分は付き合うというのがどういうことなのかも、そういう意味での好きがどういう気持ちなのかもよくわかりません。だけどことわったら、せっかくの友だちを失ってしまうことになります。すぐに返事がほしいと言われています。友だちと好きのちがいってなんですか？　どうしたらいいと思いますか。』

メールを読みあげるアイの声を聴《き》きながらドキッとした。

『シマエナガ』さんは男の子だろうか、女の子だろうか。相手の子がどちらかもわからないけど、今のあたしと似た状況《じょうきょう》だ。

アイがどう答えるんだろうと耳に神経を集める。

最後まで読み終えたあと、アイが『うーん……。』とつぶやいた。

『アイも「シマエナガ」さんと同じで誰《だれ》かと付き合いたいって気持ちを持ったことがないんだよね。中学生になったとたん、まわりに付き合いだす子が増えるけど、友だちと好きのちがいをはっきりわかってる子って、意外と少ないいんじゃないかなあ。』

（えっ、そうなんだ。）

よかった、あたしだけじゃなかったんだ。こんなにかわいい声の子だもん。きっと恋愛《れんあい》経験《けいけん》も豊富なんだろうなあって思ったのに。

『まわりに恋《こい》バナが好きな子が多いとみんな恋愛《れんあい》に興味があるって思いがちだけど、そういうわけじゃないと思うんだ。中学生ならフツー好きな子くらいいて当然でしょって言われても困《こま》るっていうか。』

「ホントそれ！」

スマホに向かって、思わず声を出してしまった。

ここにあたしの気持ちをわかってくれる子がいる。

めちゃくちゃうれしい！

『……ただね。』

アイが続ける。

『自分は恋愛《れんあい》に興味がなくても、相手にはその気持ちがあるんだってことも認《みと》めなきゃいけないかなとは思う。その子も告白するのにとっても勇気がいったと思うから。友だちだと思っていた相手と同じ気持ちじゃないから、苦しい。でもそのちがいも引き受けるしかないのかなとは思う。』

そこで、アイが短歌を詠《よ》んだ。

『気持ちには　正解なんて　なくていい
答え合わせに時間が必要』

音楽の後、番組はまた別の日のアーカイブへと移っていった。

あたしはスマホを消して、ベッドにごろんと横になる。

（そう、だよな……。）

月見里《やまなし》は頭がいい。だから、自分の気持ちを告白したら、もうあたしとは元の友だちには戻《もど》れないこともちゃんとわかっていたはずだ。

それでも伝えたいと思ってくれたんだ。その気持ちは、忘《わす》れないようにしないと。

たとえ、月見里《やまなし》の気持ちに応えられなくても。

そのとき、顔の横に置いていたスマホから着信音が鳴った。画面を開くと黄色い表示が現れた。映画専用《えいがせんよう》ＳＮＳにＤＭが入ってる。月見里《やまなし》だ。

『さけてしまってごめん。』

『芦田《あしだ》さんが悪いわけじゃないのに、どんな顔していいかわからなくて。』

『気持ちを切《き》り替《か》えられない自分が情けないです。』

次々にメッセージが送られてくる。

『困《こま》らせるつもりはなかったんです。』

『本当にごめんなさい。』

ふだんの月見里《やまなし》はきっちりと要点をまとめたメッセージを送ってくるのに、どれも思いついたまま送ったようなメッセージばかりだった。

どう返事をしようかと思っていたら、また新しいメッセージが届《とど》いた。

『けどやっぱり芦田《あしだ》さんと映画《えいが》の話ができないのはつらいです。』

あたしも、つらいよ。

その気持ちは同じなのに、人はどうしてすれちがってしまうんだろう。

好きって気持ちが、同じになれたらよかったのに。

……けど。

あたしが月見里《やまなし》と話して楽しかったのは、同じ映画《えいが》を観《み》てもあたしとちがう感じ方やとらえ方をするからだ。

同じじゃないから、なかよくなれたんじゃないかな。

……それなら。

月見里《やまなし》の気持ちに応えられないことを、悪いと思わなくてもいいのかな……。

月見里《やまなし》があたしのことを好きでいてくれる気持ちを悪いことだなんて、あたしは思わない。だったら、あたしが月見里《やまなし》を恋愛《れんあい》という気持ちで好きになれないことも、悪いことじゃない。よね？

正解なんて、たぶん、ないのかも。
アイの歌にもあったもん。
『答え合わせには、時間が必要』なんだって。
『芦田《あしだ》さんがぼくを好きじゃなくていいです。』
『好きをやめることはできないかもしれないですけど努力はします。』
『だから、またぼくと映画《えいが》の話をしてくれませんか。』
（……それは、こっちのセリフだよ。）
たくさんの映画《えいが》を観《み》てきたつもりなのに、今ここにぴったりなセリフが返せない。
でも、しょうがないよね。
あたしたちの未来に、シナリオがあるわけじゃないんだから。
言葉は、まだ見つからない。
だから、あたしは月見里《やまなし》のメッセージに、親指を立てたアイコンを送った。
伝わるといいなと願って。

はい、では今日のお悩《なや》み相談《そうだん》コーナーは、アイユーネーム『ぶんぶくかぼちゃ』さんからです。

『アイちゃん、こんにちは！　いつも楽しく聴《き》いています。アイちゃんの短歌、大好きでいつもノートに書き留めています。』

えー、照れるな。ありがとう！

『今回はわたしの悩《なや》みを聞いてください。

わたしは中学二年生です。自分を盛《も》ってしまうことに悩《なや》んでいます。

わたしは学校で最底辺の女子です。

小学生のころからずっと最底辺です。

顔はかわいくないし、性格も暗いし、成績もよくありません。誰《だれ》かとしゃべるのも苦手で学校ではほとんど口をききません。友だちはもちろんいないし、部活にも入っていません。

お母さんとおばあちゃんとの三人ぐらしで、ふたりは毎日ケンカばかりしています。お母さんは仕事でほとんど家にいませんが、おばあちゃんは一日家にいて口うるさいので、家にいてもおもしろくありません。

なのに、二か月に一度ヘアサロンに行ってスタイリストさんと話をするとき、わたしは友だちがたくさんいるイケてる女子を演じてしまいます。

自分でもなんでそんなことを言ってしまうのかわからないけど、平気でうそをついてしまいます。

何度も通うとうそがバレそうなので、毎回ちがうサロンに行って、学級委員をしているとか、バスケ部に入ってるとか、クラスに付き合ってる男子がいるとか、ちがう自分を演じてしまいます。

わたしは誰《だれ》が見てもイケてる女子には見えないと思います。

だからスタイリストさんは絶対にわたしのうそに気がついていると思うのですが、特にツッコまれたことはありません。

すらすらと話しているときは本当に自分がそんなキラキラ女子になれた気がするのですが、店を出て家に帰るまでの間、情けなくて涙《なみだ》が出てしまいます。

アイちゃん、どうしたら自分を盛《も》らずにありのままの自分でいいと思えるようになりますか？　だけど、わたしはやっぱり、ありのままの自分がきらいです。』

『ぶんぶくかぼちゃ』さん、メールありがとう。

自分を盛《も》っちゃうこと、悩《なや》んでるんだね。

だけどさ、盛《も》りたくなっちゃう気持ち、アイもわかる。

みんな同じ気持ちだと思う。

人と比べて自分に足りないところばっかりに目がいっちゃうんだよね。

大人は、ありのままの自分でいいって言うけど、そう思えないからつらいんだよね。

ありのままの自分を好きな人なんて、いったい何人いるんだろう？　大人を含めて。

だいじょうぶだよ、『ぶんぶくかぼちゃ』さん。

情けないなんて思わなくていい。

むしろ、自分が不完全だってこと、ちゃんと認《みと》められている『ぶんぶくかぼちゃ』さんは、すごいなって思う。

『うつむいて　初めて気づく
われわれは　光と影《かげ》を踏《ふ》んで生きてる』

ふっと息をはいてから、停止ボタンを押《お》した。

ヘッドフォンを外し、マイクのボタンをオフにする。

背《せ》もたれに体重を預《あず》けると、ギイッとイスがきしむ音がした。

（そういえば、さっき最後にため息が入ったかも。）

そう思って、一瞬《いっしゅん》体を起こしかけたけど、配信する前に編集すればいいかともう一度背《せ》もたれに体重を預《あず》ける。

「……『情けないなんて思わなくていい』、かあ。」

天井《てんじょう》を見上げて思わずつぶやく。
人のことなら簡単《かんたん》に言えるのに、どうして自分ではそう思えないんだろう。
誰《だれ》よりも盛《も》っているのは自分なのに。
自分が不完全だってこと、認《みと》められる人がうらやましい。
自分はまだ、認《みと》められない。
こわいんだ、認《みと》めるのが……。
ブルルと机《つくえ》の上のスマホが振動《しんどう》する。
見ると、『アイ』と書かれたフォルダに、メールが届《とど》いていた。
『見た目問題の配信、よかったです。アイちゃんの短歌で救われました！』
初めて見るユーアイネーム。新しいリスナーの子だろうか。
その文字を、指でそっとなぞる。
「……救われてるのは、こっちだよ。」
かみしめるようにつぶやいて、目を閉《と》じる。
特に宣伝《せんでん》もせずに始めた番組なのに、いつの間にか登録者数が増えてきた。

みんなどうやって見つけたんだろう？

それだけ悩《なや》んでる子が多いってことなのかな。

「……よし、編集して配信しようっと。」

勢いをつけて体を起こす。

またイスがギイッときしむ音を立てた。


（下巻につづく）

宮下恵茉（みやした・えま）

大阪府出身。『ジジ　きみと歩いた』（Gakken）で、小川未明文学賞大賞、児童文芸新人賞を受賞。おもな作品に「龍神王子！」シリーズ、「学園ファイブスターズ」シリーズ、「好きって言って！」シリーズ（以上、講談社青い鳥文庫）、『9時半までのシンデレラ』（講談社）、「となりの魔女フレンズ」シリーズ（Gakken）、『あの日、ブルームーンに。』『スマイル・ムーンの夜に』（以上、ポプラ社）、『トモダチブルー』（集英社みらい文庫）など多数。

装画 …………………………… アキヤミ
装丁 …………… 大岡喜直（next door design）

＊この作品は書き下ろしです。

ポッドキャストで伝《つた》えて（上《じょう》）

2025年5月12日　第1刷発行

著者……宮下恵茉《みやしたえま》
発行者……安永尚人
発行所……株式会社　講談社
〒112-8001　東京都文京区音羽2-12-21
電話　編集　03-5395-3536
　　　販売　03-5395-3625
　　　業務　03-5395-3615

カバー・表紙印刷……共同印刷株式会社
本文印刷……株式会社KPSプロダクツ
製本所……株式会社若林製本工場
本文データ制作……講談社デジタル製作

N.D.C.913　222p　20cm

ISBN978-4-06-539342-0

KODANSHA